최서해를 읽다

최서해를 읽다

전국국어교사모임 지음

머리말

세상에는 가난하기 때문에 끊어지는 목숨들이 참 많다. 가난은 상대적인 개념이라 양극화 시대를 살아가는 지금의 누군들, '나는 가난하지 않다'고 말하는 사람이 있겠냐마는, 최서해가 살아냈던 1901년부터 1932년의 시기는 그야말로 절대적 빈곤의 시기였다. 우리는 흔히 그 시기를 '일제강점기'라는 객관적이고도 역사적인 이름으로 부르지만, 그의 소설을 통해 들여다본 그 시기는 '굶주림의 시기'에 지나지 않는다. 서해의 소설을 읽고 있노라면 내 뱃가죽이 등짝에 달라붙는 것 같고, 추위로 온몸이 오그라드는 것 같다. 육체뿐만 아니라 정신적으로도 가난한 시기였다. 돈이 없어 꾸어 먹은 쌀 몇 포대 때문에, 생때같은 딸을 중국인 지주에게 빼앗겨야 했던 수많은 '문 서방'들이 느껴야 했을 그 울분과 수치심. 가족은 물론이고 나 자신조차 제대로 건사하기 힘들었던 절대적 궁핍의 시기를, 서해는 소설 속 인물들을 통해 생생하게 증언하고 있다.

소설 속 인물들만 궁핍했던 것이 아니다. 서해는 일제강점기에 하층민으로 태어나 제대로 된 학교 교육도 받지 못했고, 온갖 막일을 하며 생계를 꾸려갔지만, 언제나 허기진 배 때문에 만성적인 위병에 시달려야만 했다. 하지만 그럼에도 불구하고 포기할 수 없었던 문학에의 꿈은, 서해를 1920년대 한국 문단의 독보적인 존재로 만들었다. 서해가 '신경향파 문학'의 대표 작가라는 수식어를 받을 수 있었던 것은 그의 삶이 실제로 빈궁했을 뿐만 아니라, 자신이 처한 세계를 외면하지 않고 생생하게 증언해 보이고 싶었던 서해의 작가적 태도 때문이었을 것이다.

이에 여기에는 하층민의 궁핍상과 그에 대한 저항 의지를 문학적으로 잘 형상화한 〈탈출기〉와 〈홍염〉, 그동안 별로 주목받지는 못했지만 저임금 노동자의 처참한 생활상이 잘 드러나는 자전적 소설 〈무서운 인상〉, 대표적 저항 소설가로서의 면모를 보여주는 소중한 작품 〈해돋이〉를 싣는다. 비록 뒤의 두 작품이 문학성에 있어서는 조금 떨어진다고 평가받을지언정, 최서해를 기리며 이 책을 펴내는 동안에는 문학이란 특권을 내려놓고, 문학보다 더 중요한 삶의 가치가 분명 존재한다는 믿음으로 두 작품을 선정하였다. 이 외에도 귀중한 체험 문학으로서 추천하고 싶은 서해의 다른 소설들이 많지만, 그러한 작품들은 차차 알아가도록 하고, 이 책을 집어 든 독자 여러분들은 부디 이 책에 실린 작품만이라도 빼놓지 않고 탐독하여, 최서해가 증언하고자 했던 1920년대 우리 민족의 삶을 안타까운 마음으로 나누기를 바란다.

이날아

차례

01

최서해의

삶과

작품

세계

최서해의
삶

불꽃 같던 생애

"나는 지금 내가 살아 있는 이 세상 사람과는 정반대의 길을 걷고 있다."

최서해의 첫 소설집 《혈흔》의 서문은 이렇게 시작한다. 그가 말한 '정반대의 길'이란 어떤 것일까?

서해가 활동하던 1920년대는 외국 유학을 통해 서양의 신학문을 배워 온 부유층 자제들이 동인지를 통해 문단을 형성하며 근대소설의 꽃을 피우고 있던 시기였다. 1920년대의 대표 소설가라고 할 수 있는 현진건, 염상섭, 김동인, 주요섭 등이 모두 해외 유학파였다. 하지만 서해는 가난한 부모 밑에서 태어나 보통학교밖에 졸업하지 못했고, 간도 지역을 떠돌며 온갖 고생을 해야 했던 하층민이었다.

그럼에도 불구하고 서해는 1924년 춘원 이광수의 추천으로 단편소설 〈고국〉을 발표하며 등단하게 되었고, 만성적인 위병이 악화되어 1932년에 세상을 떠나기 전까지 60여 편의 단편소설과 한 편의 장편소설, 각종 수필과 평론을 발표한 열정적인 작가였다. 또한 〈탈출기〉와 〈홍염〉이라는 강렬한 인상의 소설로 문단의 주목을 받으며 '신경향파 문학'이라는 새로운 노선을 개척했던 1920년대 문단의 독보적 존재였다.

최서해에게 주어진 삶의 조건과 그가 이루어낸 문학적 결실 사이에 어떤 일들이 있었던 것일까? 그의 파란만장한 생애를 들여다보자.

문학소년, 이광수를 따르다

최서해의 본명은 최학송이다. 1901년 1월 20일 함경북도 성진군의 가난한 농촌 마을에서 태어났다. 지방의 말단 관리였던 아버지는 서해가 열 살 되던 해인 1910년, 독립운동을 위해 가족을 버리고 만주로 떠나버렸다. 이 때문에 서해는 어머니를 도와 온갖 막일을 해야 했고, 가정 형편이 어려워 보통학교밖에 졸업하지 못했다.*

---

* 동료 문인들의 기록에 따르면, 보통학교도 졸업하지 못했다는 설이 있는데 확실히 밝혀진 것은 없다.

하지만 서해는 어렸을 때부터 아버지 밑에서 한문을 배웠기 때문에, 읽지 못하는 글이 없을 정도로 한학에 조예가 깊었다고 한다. 아버지는 비록 만주로 가버렸지만, 아버지가 물려준 한문이라는 자산 덕분에 스스로 독학하며 문학을 배울 수 있었던 것이다.

한편, 서해는 12세쯤부터 여러 소설과 《청춘》, 《학지광》 등의 잡지 읽기를 즐겼고, 1917년에는 춘원 이광수의 〈무정〉이 매일신보에 연재되며 돌풍을 일으키자, 매일같이 이삼십 리를 걸어 읍내로 나가 신문을 빌려 읽은 후 되돌아왔다고 한다. 춘원의 소설에 감명을 받은 서해는 춘원에게 편지를 보냈고, 그와 몇 차례 편지를 주고받게 되었다. 이런 인연으로 이광수는 서해의 글에 평문도 써주고 격려와 조언도 해주었다고 한다. 이듬해인 1918년 3월에는 춘원의 추천으로 서해의 산문시 3편이 《학지광》에 실리게 되었다. 자신의 글이 즐겨 보던 잡지에 실리게 된 기쁨을, 서해는 훗날 이렇게 기록하고 있다.

시골 소년의 가슴은 끓었다. 그때의 기쁨을 무어라고 표현할까? 나는 어머니의 없는 돈을 긁어내어서 《학지광》(내 글이 실린 것)을 샀다. 나는 길을 걷다가도, 밥을 먹다가도, 심부름을 가다가도 《학지광》을 펴서 내 글을 읽고는 좋아하였다. 읽고 읽고 또 읽어도 싫지 않았다.
그것으로만은 만족치 못하였다. 《학지광》을 찾아오는 벗들이 보기 쉬운 책상머리에 놓아두고 보아달라는 표를 은근히 보였다. 벗들은 보았다. 한 손 두 손 거쳐서 여러 벗들이 보았다. 잘 지었다는 소리가 내 귀에 들어왔다. 나는 더욱 기뻤다. 어머니도 기뻐하셨다. 그리고 나는 이때까지 사귄 벗들보다는 한층 높아나 진 듯도 하였다.

최서해, 〈그리운 어린 때〉(《조선문단》 1925년 3월호)에서

간도 유랑 및 독립군 활동

하지만 서해는 이러한 문학의 꿈을 제대로 키워보지도 못하고 1918년 간도로 이주하게 된다. 아버지가 흑룡강 근처에서 독립군이 되었다는 소문을 듣고 어머니와 함께 찾아 나선 것이다. 당시에는 점점 심해지는 일제의 수탈을 피해 고향을 버리고 간도나 만주 등지로 이주하는 유랑민이 많았는데, 자기 땅이 없다 보니 소작농으로 일해야 하는 것은 여전했다. 서해 또한 바이허(白河) 지역의 중국인 지주 밑에서 여러 해 동안 소작농으로 일하게 되었는데, 이주한 첫해를 제외하고는 가뭄과 흉년으로 농사를 망치게 되었다. 이에 중국인 지주에게 매를 맞기도 하는 등 가난과 수모를 견딜 수 없었던 서해는 야반도주를 했고, 그 뒤로는 이곳저곳을 떠돌며 막일을 일삼았다. 그는 또한 이 시기에 본격적인 독립군 활동을 했는데, 서해처럼 독립운동에 실질적으로 가담했던 작

가는 몇 명 되지 않는다는 점에서 굉장히 주목할 만한 이력이라고 할 수 있다.

서해는 간도에서 보통 사람들이 상상도 할 수 없는 고생을 한 모양이다. 어떤 때는 상투잡이가 되어 나무바리 장수도 하여보고, 산으로 나무하러 갔다가 되놈한테 붙들리어 죽을 고비도 넘겨보고, 두부장수도 하여보고, 노동판에서 십장 노릇을 하여보고, ××단에 따라다니노라고 총을 메고 눈 쌓인 얼음 벌판도 헤매다가 총에 맞아 죽은 동지의 시체를 혼자서 얼음 벌판에서 밤을 새워가며 지켜보기 등등. 이러한 몇 가지 실례를 보더라도 서해는 한 개의 '소설적 인간'이었다는 것을 알 수 있다.

박상엽, 〈서해와 그의 극적 생애 ─ 그의 사후 삼주년을 당하여〉

(《조선문단》 1935년 8월호)에서

서해는 간도에서 겪은 이러한 다양한 경험들을 밑바탕으로 하여 〈고국〉, 〈탈출기〉, 〈홍염〉, 〈해돋이〉 등의 소설을 창작했으며, 이들은 서해 소설의 대표작이자 간도를 배경으로 한 대표적 작품이 되었다.

한편, 서해는 그사이 두 번의 결혼과 한 번의 이혼, 한 번의 사별을 했는데, 서간도에서는 세 번째 결혼을 하여 딸 '백금'을 얻었다. 또한 노동자 생활을 하면서도 일본 소설가의 단편집이나 도스토옙

스키의 소설을 항상 읽으며 문학에 대한 열정을 버리지 않았다.

귀국 후 '서해'라는 필명을 얻기까지

1923년 봄, 서해는 5년간의 간도 생활을 청산하고 귀국한다. 희망의 땅이라 생각했던 간도였지만, 간도의 삶은 팍팍하기만 했고, 결국 그리운 고국으로 돌아오게 된 것이다. 고국을 떠날 때는 18세였지만, 어느덧 23세의 성인이 되었다. 귀국 후에는 함경북도 회령역에서 화물차의 짐을 나르는 노동자 생활을 했다. 그의 자전적 소설 〈백금〉의 내용에 따르면, 새벽 6시부터 밤 10시까지 일하고 겨우 일당 1원을 받았다고 한다. 당시 80kg 쌀 한 가마니가 13원이었다고 하니, 네 식구가 밥 먹고 사는 것 외에는 다른 것을 꿈꿀 수 없는 수준이었을 것이다.*

하지만 서해는 이때에도 문학 공부와 교양 공부를 게을리하지 않았다. 당시 청년회 등에서 주관하는 강연회에 참석하거나 300여 명이 몰린 토론회에 토론자로 나서 연설을 하기도 했고, 꾸준히 습작을 하여 신문에 투고하기도 했다.

한번은 친구의 추천으로 '북선일일신문'에 '서해'라는 익명으로

---

* 참고로 서해가 나중에 등단하여 일급 작가로 대우받을 때는 신문 연재소설의 하루 치 원고료가 2원이었다.

〈자신(自身)〉이라는 시를 투고했다. 그런데 이 시를 투고하고 얼마 뒤, 이정숙이란 여성이 음악대회에서 서해의 시에 곡을 붙여 노래한 것이 큰 환영을 받았다는 기사가 나자 서해는 뛸 듯이 기뻐했다. 자신의 글이 일반 독자에게 의미 있게 다가간 것을 처음 확인한 순간이었기 때문일 것이다. 그리고 바로 다음해인 1924년 10월, 단편소설 〈고국〉이 이광수의 추천을 받아 《조선문단》 창간호에 실리게 되면서, 드디어 꿈에 그리던 등단을 하게 된다.

참고로 '서해(曙海)'라는 필명은 '새벽의 바다'라는 뜻인데, 어린 시절 바닷가 항구 마을에서 보았던 넓고 깨끗한 바다의 모습과 새벽 바다에 일출이 떠오를 때의 그 웅장한 모습을 본받고 싶어 스스로 지은 것이라고 한다.

기자로서 얻은 것과 잃은 것

꿈에 그리던 등단을 한 후로 서해는 거리낄 것이 없었다. 좀 더 본격적으로 문학에 뛰어들고자 춘원 이광수에게 편지를 보냈다. 서울로 갈 테니 일자리를 알아봐 달라는 것이었다. 춘원은 반가우면서도 아직 마땅한 일자리가 없으니 기다리라고 했다. 하지만 열정이 넘치던 서해는 1924년 겨울, 무작정 상경하여 춘원을 찾아갔다. 이 당시 서해에게는 늙은 어머니와 세 번째 부인, 네 살 된 딸 백금이 있었는데, 문학에 대한 꿈을 품은 그로서는, 언제까지고 가족을 먹여 살리느라 자신의 청춘을 바칠 수만은 없는 노릇이었던 것이다. 가족을 버릴 당시의 심경과 죄책감은 그의 자전적 소설 〈백금〉에 잘 나타나 있다.

어쨌든 상경 후 서해는 춘원의 집에서 한동안 식객 노릇을 하기도 하고, 절에 들어가 중노릇을 하기도 하다가, 1925년 2월에 춘원의 소개로 드디어 '조선문단사'에 입사하게 된다. 《조선문단》은 방인근이 자금을 대어 이광수, 주요한, 전영택 등과 함께 창간한 문학 잡지였다. 서해는 조선문단사가 있는 방인근의 집에서 숙식을 하며 교정 업무를 보기도 하고, 방인근의 잔심부름을 하기도 했다. 그 잔심부름이라는 것은 굉장히 모욕적인 일이었는데, 방인근이 기생과 바람피우는 것을 부인에게 들키지 않도록 도와주는 일이었다. 그래도 서해는 방인근의 집에 머문 덕분에 많은 문인들과 교류할 수 있었고, 1925년 3월에는 〈탈출기〉를 《조선문단》에 발표함으로써 문단의 엄청난 주목을 받을 수 있게 되었다. 특히 염상섭은 그해 3월 창작소설 가운데 제일이라고 격찬했고, 김기진은 그의 소설을 '색다른 경향'이라고 칭하며 자신이 활동하는 카프(KAPF)*에 들어올 것을 권유하기도 했다.

이렇게 문단의 주목을 받으며 본격적인 창작 활동을 하게 된 서

• 조선프롤레타리아예술가동맹. 1925년 설립되어 노동자와 무산자 계급의 목소리를 대변했으나, 일제의 탄압으로 1935년에 해산된 문학운동 단체.

해는, 1925년부터 1927년에 걸친 기간 동안 많은 작품을 발표했다. 〈탈출기〉, 〈박돌의 죽음〉, 〈기아와 살육〉, 〈홍염〉, 〈해돋이〉 등이 모두 이 시기에 쓰였다.

하지만 앞서 말했듯이, 서해는 가족을 버린 사람이다. 상경 후 자리를 잡지 못했을 때에는 꼭 성공해야 한다는 조바심이 컸고, 출세 후 따뜻한 밥과 잠자리를 얻었을 때에는 가족들 생각에 가슴이 저렸다. 사실 서해의 가족은 서해가 상경한 이후 뿔뿔이 흩어졌다. 아내는 가출했고, 늙은 어머니는 손녀 백금을 데리고 고향 마을로 돌아갔다.

아내는 갔구나! 그는 어머니와 백금이를 두고 갔구나! 그는 어디로 갔나? 춥고 배고파서 갔나? 그는 나와 오륙 년이나 고락을 같이한 사람이다.

나는 그의 마음을 안다.

아내여! 나는 당신을 조금도 원망치 않는다. 나는 나의 온갖 정성을 다하여 당신의 행복을 빌고 바란다. 당신은 나를 용서하라.

어머니의 '한숨', 백금이의 '엄마' 소리를 두고 가는 아내의 가슴이 어떠하였을까? 그는 나를 얼마나 원망하였으랴? 나는 그것이 들리는 듯하다.

어머니 용서하소서! 이 자식이 성공하는 날까지 어머니 꼭 살아 계시소서!

백금아! 울지 마라 응! 아버지 돌아가는 날 이쁜 모자와 맛나는 과자를 많이많이 사다 줄게. 할머니 모시고 울지 마라 응!

최서해, 〈백금〉에서

　자신의 무책임함 때문에 힘들었을 아내의 처지를 이해하고, 꼭 성공하여 어머니와 딸을 찾아가겠노라 다짐했던 서해의 바람은 안타깝게도 이루어지지 못했다. 자신이 그토록 예뻐하던 딸 백금이, 그가 출가한 지 6개월여 만에 병으로 죽었기 때문이다.

최초의 문단 결혼식과 최초의 문인장

서해는 간도에서 우연히 만나 친해졌던 시조 시인 조운의 여동생 조분려와 인연이 닿아, 1926년 4월에 결혼하게 된다. 서해로서는 네 번째 결혼인 셈이다. 이 결혼은 문인들이 450원의 부조를 모아 문인 주관으로 치른 최초의 문단 결혼식이었는데, 방인근의 저택에서 치러졌다. 전통 혼례가 아닌 신식으로 치러진 결혼식으로, 최남선이 주례를 보고 여러 문인들의 축사와 축전이 오갔으며, 풍금 연주로 웨딩마치를 했다고 한다. 생활고로 인해 가정을 계속 유지하지 못했던 서해는, 많은 문인들의 축복 속에 드디어 안락한 가정을 꾸릴 수 있게 되었다.

　하지만 작가로 유명해졌다고 해서 경제적인 형편이 바로 좋아

진 것은 아니었다. 자신에게 문인으로서의 기반을 가져다준《조선
문단》이 경영난으로 휴간과 속간을 반복했고, 1927년 3월에는 폐
간되어 새로 일자리를 구해야 했기 때문이다. 이때 서해는 다른
문인들이 편집을 맡기 꺼렸던 기생들의 동인지《장한》의 편집을
맡아 문인들에게 조롱당하기도 했으며, 어렵게 입사한 중외일보
에서는 2년 동안 일하고 한 달 치 월급밖에 받지 못하는 등 어려운
생활을 계속해야만 했다.

사실 서해는 밥거리가 없어서 굶어본 적이 한두 번이 아니었던 모
양이다. 한번은 저녁인데 이종창 씨가 서해를 만났더란다. 오래간
만에 만난 김이라고 하여 이씨는 서해를 끌고 태서관에 들어가서
스끼야끼를 사 먹였더란다. 서해는 다 먹고 나서 하는 말이,
"나는 이렇게 배부르게 잘 먹었지만, 집안사람들은 아침부터……."
하면서 1원만 꾸어달라고 하더라니, 그의 곤궁이 어떠하였던지를
가히 상상하고도 남지 않는가? 어떤 때는 서해는 그의 솜씨 있는
먹글씨를 이용하여 문패를 깎아서 팔아보기까지 하였다고 한다.

박상엽, 〈서해와 그의 극적 생애 - 그의 사후 삼주년을 당하여〉
(《조선문단》 1935년 8월호)에서

그러다가 1930년 2월에는 편집장 이익상의 추천으로 조선총독
부 기관지였던 매일신보에 입사하게 되었으며, 입사 후 얼마 지나

지 않아 학예부장이 되었다. 이때 서해는 학예부장으로서 월급 70원을 받았으며, 문인으로서도 정상급 작가의 반열에 들어 고액의 원고료를 받을 수 있게 되었다. 1932년 5월 4일, 서울 종로에서 열린 '문인 좌담회' 기록에는 당시 문인들의 원고료가 언급되어 있는데, 이광수의 월평균 원고료는 만 원, 현진건이 이천 원, 최서해와 김동인은 천오백 원을 받았다고 나온다. 운임 노동자 시절 하루 일당 1원이던 시절을 생각하면, 서해가 그토록 원하던 성공을 이뤄냈다고 볼 수 있을 것이다.

하지만 그의 안정된 삶은 오래가지 못했다. 간도 시절부터 제대로 먹지 못해 생긴 위병이 악화되었기 때문이다. 서해는 아편으로 통증을 달래보기도 하고, 주변 문인들이 치료비 80원을 주어 바닷가 근처에서 몇 달 요양하기도 했다. 하지만 병이 악화되어 1932년 7월 서울 관훈동 삼호병원에 입원하게 되었고, 일주일 후 수술을 받다가 7월 9일 오전 4시 20분, 지인들이 지켜보는 가운데 숨을 거두고 말았다.

최서해의 장례식은 7월 11일 치러졌다. 이광수, 김동인, 주요한, 염상섭, 심훈, 이병기 등 다수의 문인들이 한자리에 모였고, 택시 오륙십 대가 줄을 이어 묘지로 향하는 등 추모 열기가 대단했다고 한다.

서해의 장례식은 문인 주관으로 치러진 최초의 '문인장'이었다. 서해는 생전에 다정다감하고 유쾌하여 주변 문인들과 두루 사이가 좋았고, 어려운 처지의 문인이 있으면 물심양면으로 나서서 도와주는 등 인간적인 모습을 자주 보였다. 그런 서해를 따르던 많은 문인들은 그의 죽음을 안타까워하며 끊임없는 추모를 보냈다. 동료 문인이었던 김동인은 최서해의 추도문에서 최서해의 존재를 추켜세우기도 했다.

철저한 최저계급의 생활을 그리기에는 부족한 조선의 소설단에 있어서, 최저 생활자 출신의 유일이던 서해를 잃었다는 것은 무엇에 비기지 못할 큰 손실이었다. 그렇지 않아도 작가가 부족한 조선에서 서해는 왜 그다지 일찍 죽었나?

김동인, 〈소설가로서의 서해〉(《동광》 1932년 8월호)에서

시인 김억은 입원 중인 서해의 병문안을 갔을 때, 서해가 퇴원하면 바로 소설을 쓰겠다는 이야기를 했다고 전한다. 생의 마지막 순간까지도 창작열을 불태웠던 서해는 지금, 서울 중랑구 망우동 산 57-1번지 망우리 공원묘지에 고요히 잠들어 있다.

최서해의
작품 세계

최서해는 신경향파 작가로 잘 알려져 있다. 하지만 사실 낭만주의, 자연주의, 사실주의 등 다양한 스타일의 소설을 쓴 작가이다. 또한 7년이라는 짧은 활동 기간 동안 많은 작품을 써낸 다작 작가이기도 하다. 하지만 워낙 등단 초기에 신경향파 소설가의 대표라는 독보적인 지위를 차지했기 때문에 후기 작품들은 별로 주목을 받지 못하는 편이다.

전기 작품은 절대적 궁핍에 놓인 하층민이 자신을 착취하는 인물이나 현실에 대한 저항으로써 살인이나 방화를 저지르는 등의 신경향파 소설에 해당한다. 그리고 후기 작품은 중산층 지식인이 인간 삶에 대한 애정과 연민을 보이는 인도주의적 소설에 해당한다. 이러한 소설 경향의 변화는 하층 노동자에서 지식인 작가로의 계층 상승을 이뤄낸 서해의 생애 변화와 맞물려 있다. 이는 자신이 직접 경험한 것만 쓰려고 했던 작가의 창작 태도 때문이라고 할 수 있다.

나는 양심에 부끄럽지 않은 글을 쓰련다. 나는 나의 사사로운 감정을 그리려고 하지 않는다. 그리고 나는 경험 없는 것은 쓰지 않으려고 한다. 이러므로 나는 좋은 작(作)을 얻으려고 애쓰기 전에 좋은 인격을 얻으려고 애쓴다. 작(作)의 토대는 인격인 까닭이다.

최서해, 1925년 2월 24일 일기에서

절대적으로 가난한 사람들

최서해의 소설은 흔히 '빈궁 문학'으로 불린다. 1920년대 최하층 빈민들의 이야기를 소재로 했기 때문이다. 〈탈출기〉에는 임신한 부인이 너무 배가 고파 귤껍질을 주워 먹는 장면이 나오고, 〈홍염〉에는 소작료가 밀려 중국인 지주에게 딸을 빼앗겨야 하는 절망적인 상황이 펼쳐진다. 이 외에도 의사 부를 돈이 없어 죽어가는 아들을 지켜만 봐야 하는 엄마의 이야기, 노동 현장에서 엄마와 아들이 모두 사고로 죽는 이야기 등 모두 가난 때문에 벌어지는 이야기들이다. 물론 다른 작가들도 가난을 소재로 소설을 썼지만, 서해는 가난을 누구보다 절실하게 체험했기 때문에 좀 더 핍진하게 빈곤 문제를 그려낼 수 있었다. 특히 제대로 먹지 못하는 인물들을 통해 전해지는 '배고픔'의 감각과 한겨울 추위에 헐벗은 인물들을 통해 느껴지는 '추위'의 감각은 독자들로 하여금 가난을 생생하게 떠올릴 수 있게 해준다.

간도를 배경으로 한 작품

최서해의 작품 가운데 〈고국〉, 〈탈출기〉, 〈기아와 살육〉, 〈홍염〉, 〈해돋이〉 등은 간도 땅을 배경으로 하고 있다는 점에서 일제강점기 작품의 지리적 공간을 확대했다는 의의를 지닌다. 1930년대 강경애의 〈소금〉, 1940년대 안수길의 〈북간도〉라는 작품도 간도를 배경으로 하고 있지만, 서해는 1920년대에 이미 간도 체험을 작품에 녹여내었기 때문에 '간도 문학의 효시'라고 할 수 있다.

간도는 한국인에게 있어 독특한 공간이다. 국경과 바로 붙어 있고, 예전에는 우리 민족의 터전이었지만 지금은 중국 땅이 되어버린 곳이기 때문이다. 조선 말기부터 이미 세도 권력의 전횡을 피해 간도와 만주 지방으로 이주한 유민들이 많았지만, 1919년 3·1운동 이후, 일제의 경제적 수탈이 점점 심해지자 많은 조선인들은 간도와 만주 등지로 떠나게 되었다. 1910년부터 1925년 말까지 간도, 만도 등지로 이주한 한국인 수는 28만 명에 달했다고 한다. 하지만 간도가 결코 희망의 땅이 될 수 없었던 것은, 북극 대륙의 추운 날씨와 중국인 지주의 횡포 때문이었다. 간도로 이주해 간 조선인들 대다수가 중국인 지주의 소작인이 되어 그들의 압제와 폭력에 시달리며 노예와도 같은 생활을 했다고 한다.

서해 소설에서도 간도는 잔뜩 찌푸린 흐린 날씨이거나 살을 에는 듯한 눈보라가 치는 추위의 공간, 조금의 동정심도 없는 탐욕적인 중국인 지주가 횡포를 부리는 공간으로 묘사되어 있다.

카프인 듯 카프 아닌

최서해의 대표작 속 인물들은 대개 가난한 농민이거나 머슴, 일용 직 노동자 등의 하층민들이다. 이들은 가난 때문에 고통스러워할 뿐만 아니라, 자신들을 착취하는 가진 자들과 그들을 만들어낸 자 본주의 사회구조에 대한 분노를 가진 인물들이다. 따라서 서해 소 설은 '유산자'와 '무산자'의 갈등이 나타나고, 결말을 살인이나 방 화와 같은 폭력적 방법으로 처리하여 사회의 구조적 모순에 저항 한다는 점에서 신경향파 소설로 분류된다.

이런 점 때문에 서해의 소설은 문학을 수단으로 사용하여 계급 적 질서를 전복시키려 했던 카프(KAPF) 문인들에게 열렬한 지지 를 받았다. 최서해 또한 카프 문인들의 적극적인 영입 시도로 카 프에 잠시 가담하긴 했지만, 별다른 활동을 하지 않고 있다가 탈 퇴하게 된다.

카프 가입을 거절했을 당시에 서해는 '무산 계급의 현실을 그대 로 표현하고 그들의 감정과 이념을 대변하는 구실은 하겠지만, 무 슨 조직적 행동을 해야 하는 단체라는 곳에는 들고 싶지 않다'는 입장을 밝혔다고 한다. 이를 통해 서해는 문학을 수단이나 목적으 로 생각하지 않았음을 알 수 있다. 서해에게 계급적 인식이 없었 기 때문이 아니라, 자기 소설의 영역을 계급 문제에 한정하고 싶 지 않았던 것이라고 봐야 할 것이다.

피와 울음이 넘치는 비극적 이야기

20세기 캐나다 평론가인 노드롭 프라이에 따르면, 소설의 플롯에는 '로망스, 아이러니, 희극, 비극' 이렇게 네 가지 유형이 있는데, 서해의 작품들은 대부분 '비극'에 해당한다. 비극은 첫 상황이 오히려 마지막 상황보다 나은 경우로, 이야기가 진행될수록 상황이 계속 나빠지고 주인공의 욕망이 좌절되는 이야기다.

서해 소설의 두 번째 특징은 붉은 피의 이미지와 격렬한 울음, 절규의 이미지들이 자주 나타난다는 점이다. 소설 속 인물들이 억압과 착취, 죽음에 이르는 과정에서 피를 흘리기도 하고, 살인과 방화의 결과로 착취자들이 피를 흘리기도 한다. 또한 극심한 스트레스를 이기지 못하고 피를 토하며 절규하는 인물들도 나오는데, 이때 나오는 강렬한 붉은 피의 이미지는 인물들이 지닌 원한, 저주, 격노, 비통 등의 정서적 느낌을 표출하는 기능을 한다.

그런데 한편으로 붉은색은 생명력, 혁명, 흥분을 의미하기도 한다. 서해 소설 속 인물들은 세계의 횡포에 그저 당하고만 있지 않고, 자신들을 비극으로 몰아넣는 세계에 대한 격렬한 저항으로서 살인과 방화를 저지르고 있다. 따라서 독자들은 '살인과 방화'라는 행위가 얼마나 비도덕적인 행동인지 알고 있으면서도, 그들이 휘두르는 응징의 칼날에 통쾌한 카타르시스를 느끼게 된다. 이 책에 실린 〈홍염〉이 바로 이러한 경향을 두드러지게 보여주고 있다.

최서해
작품
읽기

탈출기

홍염

해돋이

무서운 인상

탈출기

홍염

해돋이

무서운 인상

탈출기

1

김군! 수삼차* 편지는 반갑게 받았다. 그러나 한 번도 회답치 못하였다. 물론 군의 충정에는 나도 감사를 드리지만, 그 충정을 나는 받을 수 없다.

박군! 나는 군의 탈가*를 찬성할 수 없다. 음험한* 이역*에 늙은 어머니와 어린 처자를 버리고 나선 군의 행동을 나는 찬성할 수 없다. 박군! 돌아가라. 어서 집으로 돌아가라. 군의 보모와 처자가 이역 노두*에서 방황하는 것을 나는 눈앞에 보는 듯싶다. 그네들의 의지할 곳은 오직 군의 품밖에 없다. 군은 그네들을 구하여야 할 것이다.

* **수삼차** 두서너 차례. 또는 여러 차례.
* **탈가** 일정한 조건이나 환경, 구속 따위에서 벗어나기 위하여 자기 집에서 나감.
* **음험하다** 춥고 험하다.
* **이역** 태어나서 살아온 곳이나 고향이 아닌 딴 곳.
* **노두** 길거리.

군은 군의 가정에서 동량*이다. 동량이 없는 집이 어디 있으랴? 조그마한 고통으로 집을 버리고 나선다는 것이, 의지가 굳다는 박군으로서는 너무도 박약한* 소위*이다. 군은 ××단*에 몸을 던져 ×선에 섰다는 말을 일전 황군에게서 듣기는 하였으나, 그렇다 하여도 나는 그것을 시인할 수 없다. 가족을 못 살리는 힘으로 어찌 사회를 건지랴.

박군! 나는 군이 돌아가기를 충정*으로 바란다. 군의 가족이 사람들 발 아래서 짓밟히는 것을 생각할 때, 군의 가슴인들 어찌 편하랴.

김군! 군은 이러한 말을 편지마다 썼지? 나는 군의 뜻을 잘 알았다. 사랑하는 나의 가족을 위하여 동정하여 주는 군에게 어찌 감사치 않으랴? 정다운 벗의 충고에 나는 늘 울었다. 그러나 그 충고를 들을 수 없다. 듣지 않는 것이 군에게는 고통이 될는지? 분노가 될는지? 나에게 있어서는 행복일는지도 알 수 없는 까닭이다.

김군! 나도 사람이다. 정애*가 있는 사람이다. 나의 목숨 같은

- **동량** 기둥과 들보. 중요한 역할을 맡은 사람.
- **박약하다** 의지가 약하다.
- **소위** 이미 해놓은 일이나 짓.
- **××단** 작가의 생애와 소설 속 전후 문맥을 살펴볼 때, 독립운동 단체임을 알 수 있다.
- **충정** 속에서 우러나오는 참된 마음.
- **정애** 따뜻한 사랑.

내 가족이 유린°받는 것을 내 어찌 생각지 않으랴? 나의 고통을 제삼자로서는 만분의 일이라도 느낄 수 없는 것이다.

나는 이제 나의 탈가한 이유를 군에게 말하고자 한다. 여기에 대하여 동정과 비난은 군의 자유이다. 나는 다만 이러하다는 것을 군에게 알릴 뿐이다. 나는 이것을 군이 아니면 다른 사람에게라도 알리지 않고는 견딜 수 없는 충동을 받는 까닭이다.

그러나 나는 단언한다. 군도 사람이니, 나의 말하는 것을 부인 치는 못하리라.

2

김군! 내가 고향을 떠난 것은 5년 전이다. 이것은 군도 아는 사실 이다. 나는 그때에 어머니와 아내를 데리고 떠났다. 내가 고향을 떠나 간도로 간 것은 너무도 절박한 생활에, 시들은 몸에 새 힘을 얻을까 하여 새 희망을 품고 새 세계를 동경하여 떠난 것도 군이 아는 사실이다.

'간도는 천부금탕°이다. 기름진 땅이 흔하여 어디를 가든지 농

• **유린** 남의 권리나 인격을 짓밟음.
• **천부금탕** 하늘이 내린, 금처럼 귀하고 좋은 땅.

사를 지을 수 있고, 농사를 지으면 쌀도 흔할 것이다. 삼림이 많으니 나무 걱정도 될 것이 없다. 농사를 지어서 배불리 먹고 뜨뜻이 지내자. 그리고 깨끗한 초가나 지어놓고 글도 읽고 무지한 농민들을 가르쳐서 이상촌˚을 건설하리라. 이렇게 하면 간도의 황무지˚를 개척할 수 있다.'

이것이 간도 갈 때의 내 머릿속에 그리었던 이상이었다. 이때에 나는 얼마나 기뻤으랴! 두만강을 건너고 오랑캐령˚을 넘어서 망망한 평야와 산천을 바라볼 때, 청춘의 내 가슴은 이상의 불길에 탔다. 구수한˚ 내 소리와 헌헌한˚ 내 행동에 어머니와 아내도 기뻐하였다. 오랑캐령을 올라서니, 서북으로 쏠려 오는 봄 세찬 바람이 어떻게 뺨을 갈기는지,

"에그 춥구나! 여기는 아직도 겨울이구나."

하고 어머니는 수레 위에서 이불을 뒤집어썼다.

"무얼요, 이 바람을 많이 마셔야 성공이 올 것입니다."

나는 가장 씩씩하게 말하였다. 이처럼 나는 기쁘고 활기로웠다.

- **이상촌** 이상적이며 완전한 마을.
- **황무지** 사람 손이 닿지 않고 내버려 두어 거친 땅.
- **오랑캐령** 중국 용정에 있는 오봉산의 고갯길인 오봉령. 한인들이 두만강을 건너 만주 지역으로 들어가기 위해 넘어야 했던 고개이다.
- **구수하다** 말이나 이야기 따위가 마음을 잡아끄는 은근한 맛이 있다.
- **헌헌하다** 풍채가 당당하고 빼어나다.

3

김군! 그러나 나의 이상은 물거품으로 돌아갔다. 간도에 들어서서 한 달이 못 되어서부터 거친 물결은 우리 세 생령°의 앞에 기탄없이° 몰려왔다.

나는 농사를 지으려고 밭을 구하였다. 빈 땅은 없었다. 돈을 주고 사기 전에는 한 평의 땅이나마 손에 넣을 수 없었다. 그렇지 않으면 지나인°의 밭을 도조°나 타조°로 얻어야 한다. 일 년 내 중국 사람에게서 양식을 꾸어 먹고 도조나 타조를 얻는대야 일 년 양식 빚도 못 될 것이고, 또 나 같은 시로도°에게는 밭을 주지 않았다. 생소한 산천이요 생소한 사람들이니, 어디 가 어쩌면 좋을는지 의논할 사람도 없었다. H라는 촌 거리에 셋방을 얻어가지고 어름어름하는 새에 보름이 지나고 한 달이 넘었다. 그새에 몇 푼 남았던 돈은 다 불어먹고°, 밭은 고사하고 일자리도 못 얻었다. 나는 팔을 걷고 나섰다. 이리저리 돌아다니면서 구들°도 고쳐

- **생령** 살아 있는 넋이라는 뜻으로, '생명'을 이르는 말.
- **기탄없다** 어려움이나 거리낌이 없다.
- **지나인** 중국인.
- **도조** 남의 논밭을 빌려서 부치고 논밭을 빌린 대가로 해마다 내는 벼.
- **타조** 수확량의 비율을 정해놓고 소작료를 거두어들이던 소작 제도.
- **시로도** '초보'를 뜻하는 일본어.
- **불어먹다** 돈이나 재물을 헛되이 다 써서 없애다.
- **구들** 불을 때어 방바닥을 따뜻하게 하는 난방 구조물.

주고 가마˚도 붙여주었다. 이리하여 호구˚하게 되었다. 이때 H장에서는 나를 '온돌장이(구들 고치는 사람)'라고 불렀다. 갈아입을 의복이 없는 나는, 늘 숯검정이 꺼멓게 묻은 의복을 벗을 새가 없었다.

H장은 좁은 곳이다. 구들 고치는 일도 늘 있지 않았다. 그것으로 밥 먹기가 어려웠다. 나는 여름 불볕에 삯김˚도 매고 꼴˚도 베어 팔았다. 그리고 어머니와 아내는 삯방아˚ 찧고 강가에 나가서 부스러진 나뭇개비를 주워서 겨우 연명하였다.

김군! 나는 이때부터 비로소 무서운 인간고를 느꼈다. '아아, 인생이란 과연 이렇게도 괴로운 것인가!' 하는 것을 나는 생각하게 되었다. 나는 나에게 닥치는 풍파˚ 때문에 눈물 흘린 일은 이때까지 없었다. 그러나 어머니가 나무를 줍고 젊은 아내가 삯방아를 찧을 때, 나의 피는 끓었으며 나의 눈은 눈물에 흐려졌다.

"에구, 차라리 내가 드러누워 앓고 있지…… 네 괴로워하는 꼴은 차마 못 보겠다."

이것은 언제 내가 병들어 신음할 때에 어머니가 울면서 하신 말

• **가마** 아주 큰 솥.
• **호구** 입에 풀칠을 한다는 뜻으로, 겨우 끼니를 이어감을 이르는 말.
• **삯김** 돈이나 물건을 받고 논밭의 잡풀을 매어주는 일.
• **꼴** 말이나 소에게 먹이는 풀.
• **삯방아** 돈이나 물건을 받고 찧어주는 방아.
• **풍파** 세찬 바람과 험한 물결을 아울러 이르는 말. 세상살이의 어려움이나 고통.

씀이다. 이것을 무심히 들었던 나는, 이때에야 이 말의 참뜻을 느꼈다.

'아아, 차라리 나의 고기가 찢어지고 뼈가 부서지는 것은 참을 수 있으나, 내 눈앞에서 사랑하는 늙은 어머니와 아내가 배를 주리고 남의 멸시를 받는 것은 참으로 견디기 어렵구나.'

나는 이렇게 여러 번 가슴을 쳤다. 나는 밤이나 낮이나, 비 오나 바람이 치나 헤아리지 않고, 삯김, 삯심부름, 삯나무 무엇이든지 가리지 않았다.

"오늘도 배고프겠구나. 아침도 변변히 못 먹고……. 나는 너 배주리지 않는 것을 보았으면 죽어도 눈을 감겠다."

내가 삯일을 하다가 늦게 돌아오면 어머니는 우실 듯이 말씀하셨다. 그러나 나는 흔연하게˙,

"배가…… 무슨 배가 고파요."

하고 대답하였다.

내 아내는 늘 별말이 없었다. 무슨 일이든지 시키는 대로 다소곳하고 아무 소리 없이 순종하였다. 나는 그것이 더욱 불쌍하게 생각된다. 나는 어머니보다도 아내 보기가 퍽 부끄러웠다.

'경제의 자립도 못 되는 내가 왜 장가를 들었누?'

˙ **흔연하다** 마땅히 머뭇거리거나 두려워할 상황에서 태도나 기색이 아무렇지도 않은 듯이 예사롭다.

이것이 부모의 한 일이었지만 나는 이렇게도 탄식하였다. 그럴수록 아내에게 대하여 황공하였고 존경하였다.

어떻게 하면 살 수 있을까? 이러한 생각은 이때 내 머리를 몹시 때렸다. 이때 나에게 '부지런한 자에게 복이 온다.' 하는 말이 거짓말로 생각되었다. 그 말을 지상의 격언으로 굳게 믿어온 나는, 그 말에 도리어 일종의 의심을 품게 되었고, 나중은 부인까지 하게 되었다.

부지런하다면 이때 우리처럼 부지런함이 어디 있으며, 정직하다면 이때 우리 식구같이 정직함이 어디 있으랴? 그러나 빈곤은 날로 심하였다. 이틀 사흘 굶은 적도 한두 번이 아니었다. 한번은 이틀이나 굶고 일자리를 찾다가 집으로 들어가 보니, 부엌 앞에서 아내가 (아내는 이때에 아이를 배어서 배가 남산만 하였다) 무엇을 먹다가 깜짝 놀란다. 그리고 손에 쥐었던 것을 얼른 아궁이에 집어넣는다. 이때 불쾌한 감정이 내 가슴에 떠올랐다.

'무얼 먹을까? 어디서 무엇을 얻었을까? 무엇이길래 어머니와 나 몰래 먹누? 아! 여편네란 그런 것이로구나! 아니 그러나 설마…… 그래도 무엇을 먹던데…….'

나는 이렇게 아내를 의심도 하고 원망도 하고 밉게도 생각하였다. 아내는 아무런 말 없이 어색하게 머리를 숙이고 앉아 씩씩하다가 밖으로 나간다. 그 얼굴은 좀 붉었다. 아내가 나간 뒤에 나는 아내가 먹다 던진 것을 찾으려고 아궁이를 뒤지었다. 싸늘하게 식

41

은 재를 막대기에 뒤져 내니, 벌건 것이 눈에 띄었다. 나는 그것을 집었다. 그것은 귤껍질이다. 거기는 베어 먹은 잇자국이 있다. 귤껍질을 쥔 나의 손은 떨리고, 잇자국을 보는 내 눈에는 눈물이 괴었다.

김군! 이때 나의 감정을 어떻게 표현하면 적당할까?

'오죽 먹고 싶었으면 길바닥에 내던진 귤껍질을 주워 먹을까. 더욱 몸 비잖은* 그가! 아아, 나는 사람이 아니다. 그러한 아내를 나는 의심하였구나! 이놈이 어찌하여 그러한 아내에게 불평을 품었는가. 나 같은 잔악한 놈이 어디 있으랴. 내가 양심이 부끄러워서 무슨 면목으로 아내를 볼까?'

이렇게 생각하면서 나는 느껴가며 눈물을 흘렸다. 귤껍질을 쥔 채로 이를 악물고 울었다.

"야, 어째서 우느냐? 일어나거라. 우리도 살 때 있겠지, 늘 이러겠느냐?"

하면서 누가 어깨를 친다. 나는 그것이 어머니인 것을 알았다.

"아이구 어머니! 나는 불효자외다."

하면서 어머니의 팔을 안고 자꾸자꾸 울고 싶었다. 그러나 나는 아무 소리 없이 가슴을 부둥켜안고 밖으로 나갔다.

'내가 왜 우노? 울기만 하면 무엇 하나? 살자! 살자! 어떻게든

• **비잖다** 비지 않다. 아이를 배다.

42

지 살아보자! 내 어머니와 내 아내도 살아야 하겠다. 이 목숨이 있는 때까지는 벌어보자!'

나는 이를 갈고 주먹을 쥐었다. 그러나 눈물은 여전히 흘렀다. 아내는 말없이 울고 섰는 내 곁에 와서 손으로 치마끈을 만적거리며* 눈물을 떨어뜨린다. 농삿집에서 자라난 아내는 지금도 어찌 수줍은지, 내가 울면 같이 울기는 하여도 어떻게 말로 위로할 줄은 모른다.

4

김군! 세월은 우리를 위하여 여름을 항시 주지는 않았다.

서풍이 불고 서리가 내리기 시작하였다. 찬 기운은 벗은* 우리를 위협하였다. 가을부터 나는 대구어(大口魚) 장사를 하였다. 3원을 주고 대구 열 마리를 사서 등에 지고 산골로 다니면서 콩과 바꾸었다. 난 대구 열 마리는 등에 질 수 있었으나, 대구 열 마리를 주고 받은 콩 열 말*은 질 수 없었다. 나는 하는 수 없이 삼사십 리

• **만적거리다** 자꾸 만지다.
• **벗다** 헐벗다. 가난하여 옷이 헐어 벗다시피 하다.
• **말** 곡식, 액체, 가루 따위의 부피를 잴 때 쓰는 단위. 한 말은 한 되의 열 배로, 약 18리터에 해당한다.

나 되는 곳에서 두 말씩 두 말씩 사흘 동안이나 져 왔다. 우리는 열 말 되는 콩을 자본 삼아 두부 장사를 시작하였다.

아내와 나는 진종일* 맷돌질을 하였다. 무거운 맷돌을 돌리고 나면 팔이 뚝 떨어지는 듯하였다.

내가 이렇게 괴로울 적에, 해산한* 지 며칠 안 되는 아내의 괴로움이야 어떠하였으랴? 그는 늘 낯이 부석부석하였다*. 그래도 나는 무슨 불평이 있는 때면 아내를 욕하였다. 그러나 욕한 뒤에는 곧 후회하였었다. 콧구멍만 한 부엌방에 가마를 걸고 맷돌을 놓고 나무를 들이고 의복 가지를 걸고 하면, 사람은 겨우 비비고* 들어앉게 된다. 뜬김*에 문창은 떨어지고 벽은 눅눅하다. 모든 것이 후줄근하여, 의복을 입은 채 미지근한 물 속에 들어앉은 듯하였다. 어떤 때는 애써 갈아놓은 비지*가 이 뜬김 속에서 쉬어버렸다. 두붓물이 가마에서 몹시 끓어 번질 때에 우윳빛 같은 두붓물 위에 버터빛 같은 노란 기름이 엉기면 (그것은 두부가 잘될 징조다) 우리는 안심한다. 그러나 두붓물이 희멀끔해지고 기름기가 돌지 않으면, 거기만 시선을 쏘고 있는 아내의 낯빛부터 글러가기 시작한

- **진종일** 하루 종일.
- **해산하다** 아이를 낳다.
- **부석부석하다** 살이 핏기가 없이 부어오른 데가 있다.
- **비비다** 좁은 틈을 헤집거나 비집다.
- **뜬김** 서려 오르는 뜨거운 김.
- **비지** 두부를 만들고 남은 찌꺼기. 콩을 불려 갈아서 끓인 음식.

다. 초를 쳐보아서, 두붓발˚이 서지 않게 매캐지근하게˚ 풀려질 때에는 우리의 가슴은 덜컥한다.

"또 쉰 게로구나! 저를 어쩌누?"

젖을 달라고 빽빽 우는 어린아이를 안고 서서 두붓물만 들여다보시는 어머니는 목멘 말씀을 하시면서 우신다. 이렇게 되면 온 집안은 신산하여˚ 말할 수 없는 울음·비통·처참·소조한˚ 분위기에 싸인다.

"너 고생한 게 애닯구나! 팔이 부러지게 갈아서…… 그거(두부)를 팔아서 장을 보려고 태산같이 바랐더니……."

어머니는 그저 가슴을 뜯으면서 우신다. 아내도 울 듯 울 듯 머리를 숙인다. 그 두부를 판대야 큰돈은 못 된다. 기껏 남는대야 이십 전이나 삼십 전이다. 그것으로 우리는 호구를 한다. 이십 전이나 삼십 전에 어머니는 운다. 아내도 기운이 준다. 나까지 가슴이 바짝바짝 조인다.

그날은 하는 수 없이 쉰 두붓물로 때˚를 메우고 지낸다. 아이는 젖을 달라고 밤새껏 빽빽거린다. 우리의 살림에 어린애도 귀치는 않았다.

- **두붓발** 두붓물이 엉겨서 순두부가 되는 상태.
- **매캐지근하다** 매캐한 냄새가 나는 듯하다.
- **신산하다** 세상살이가 힘들고 고생스럽다.
- **소조하다** 고요하고 쓸쓸하다.
- **때** 끼니 또는 식사 시간.

5

울면서 겨자 먹기로, 괴로운 대로 또 두부를 하지 않으면 안 된다. 그러나 이번에는 땔나무가 없다. 나는 낫을 들고 떠난다. 내가 낫을 들고 떠나면, 산후 여독˙으로 신음하는 아내도 낫을 들고 말없이 나를 따라나선다. 어머니와 나는 굳이 만류하나 아내는 듣지 않는다. 내 손으로 하는 나무이언만 마음 놓고는 못 한다. 산 임자에게 들키면 여간한 경을 치지˙ 않는다. 그러므로 우리는 황혼이면 산에 가서 나무를 하여 지고 밤이 깊어서 돌아온다. 아내는 이고 나는 지고 캄캄한 밤에 산비탈로 내려오다가 발이 미끄러지거나 돌에 차이면 곤두박질을 하여 나뭇짐 속에 든다. 아내는 소리 없이 이었던 나무를 내려놓고, 나뭇짐에 눌려서 버둑거리는˙ 나를 겨우 끄집어 일으킨다. 그러나 내가 나뭇짐을 지고 일어나면 아내는 혼자 나뭇짐을 이지 못한다. 또 내가 나뭇짐을 벗고 아내에게 이어주면 나는 추어주는˙ 이 없이는 나뭇짐을 질 수가 없었다. 하는 수 없이 나는 어떤 높은 바위에 벗어놓고 아내에게 이어준다. 이리하여 산비탈을 내려오면, 언제 왔는지 어머니는 애를 업고 우

- **여독** 채 풀리지 않고 남아 있는 독기.
- **경을 치다** 혹독하게 벌을 받다.
- **버둑거리다** 자빠지거나 주저앉거나 매달려서 팔다리를 크게 뻗쳐서 마구 몸을 움직이다.
- **추다** 업거나 지거나 한 것을 치밀어서 올리다.

둘우둘 떨면서 산 아래서 기다리다가도,

"인제 오니? 나는 너 또 붙들리지나 않은가 하여 혼이 났다."

하신다. 이때마다 내 가슴은 저렸다. 나는 이렇게 나무를 하다가 중국 경찰서까지 잡혀가서 여러 번 맞았다.

이때 이웃에서는 우리를 조소하고˙, 경찰에서는 우리를 의심하였다.

"흥, 신수˙가 멀쩡한 연놈들이 그 꼴이야. 어디 가 일자리도 구하지 않고, 그 눈이 누래서 두부 장사 하는 꼬락서니는 참 더러워서 못 보겠네. 불알을 달고 나서 그렇게야 살리?"

이것은 이웃 남녀가 비웃는 소리였다. 그리고 어떤 산 임자가 나무 잃고 고발을 하면, 경찰서에서는 불문곡직˙하고 우리 집부터 수색하고 질문하면서 나를 때린다. 그러나 나는 호소할 곳이 없다.

6

김군! 이러구러 겨울은 점점 깊어가고 기한˙은 점점 박두하였다˙.

- **조소하다** 흉을 보듯이 빈정거리거나 업신여기다.
- **신수** 용모와 풍채를 통틀어 이르는 말.
- **불문곡직** 옳고 그름을 따지지 아니함.
- **기한** 굶주리고 헐벗어 배고프고 추움.
- **박두하다** 기일이나 시기가 가까이 닥쳐오다.

일자리는 없고…… 그렇다고 손을 털고 앉았을 수도 없었다. 모든 식구가 퍼러퍼레서* 굶고 앉은 꼴을 나는 그저 볼 수 없었다. 시퍼런 칼이라도 들고, 하루라도 괴로운 생을 모면하도록 쿡쿡 찔러 없애고 나까지 없어지든지, 나가서 강도질이라도 하여서 기한을 면하든지 하는 수밖에는 더 도리가 없게 절박하였다.

나는 일이 없으면 없느니만큼, 고통이 닥치면 닥치느니만큼 내 번민은 크다. 나는 어떤 날은 거의 얼빠진 사람처럼 눈을 감고 깊은 생각에 잠긴 일도 있었다. 이때 머릿속에서는 머리를 움실움실* 드는 사상이 있었다(오늘날에 생각하면 그것은 나의 전 운명을 결정할 사상이었다).

그 생각은 누구의 가르침에 의해 일어난 것도 아니려니와 일부러 일으키려고 애써서 일어난 것도 아니다. 봄 풀싹같이 내 머릿속에서 점점 머리를 들었다.

나는 여태까지 세상에 대하여 충실하였다. 어디까지든지 충실하려고 하였다. 내 어머니, 내 아내까지도 뼈가 부서지고 고기가 찢기더라도 충실한 노력으로써 살려고 하였다. 그러나 세상은 우리를 속였다. 우리의 충실을 받지 않았다. 도리어 충실한 우리를 모욕하고 멸시하고 학대하였다.

우리는 여태까지 속아 살았다. 포악하고 허위스럽고 요사한 무

• **퍼러퍼렇다** 시퍼렇다. 춥거나 겁에 질려 얼굴이나 입술 따위가 몹시 푸르께하다.
• **움실움실** 사상이나 생각 따위가 머릿속에서 잇따라 떠오르는 모양.

리를 용납하고 옹호하는 세상인 것을 참으로 몰랐다. 우리뿐 아니라 세상의 모든 사람들도 그것을 의식지 못하였을 것이다. 그네들은 그러한 세상의 분위기에 취하였었다. 나도 이때까지 취하였었다. 우리는 우리로서 살아온 것이 아니라 어떤 험악한 제도의 희생자로서 살아왔었다.

김군! 나는 사람들을 원망치 않는다. 그러나 마주(魔酒)°에 취하여 자기의 피를 짜 바치면서도 깨지 못하는 사람을 그저 볼 수 없다. 허위와 요사°와 표독°과 게으른 자를 옹호하고 용납하는 이 제도는 더욱 그저 둘 수 없다.

이 분위기 속에서는 아무리 노력하여도 우리의 생의 만족을 느낄 날이 없을 것이다. 어찌하여 겨우 연명을 한다 하더라도 죽지 못하는 삶이 될 것이요, 그 영향은 자식에게까지 미칠 것이다. 나는 어미 품속에서 빽빽 하는 어린것의 장래를 생각할 때면 애잡짤한° 감정과 분함을 금할 수 없다. 내가 늘 이 상태면(그것은 거의 정한 이치다), 그에게는 상당한 교양은 고사하고 다리 밑이나 남의 집 문간에 버리게 될 터이니, 아! 삶을 받을 만한 생명을 죄 없이 찌그러지게 하는 것이 어찌 애닯지 않으랴? 그렇다면 그것을 나

- **마주** 정신을 흐리게 하는 술.
- **요사** 요망하고 간사함.
- **표독** 사납고 악독함.
- **애잡짤하다** 가슴이 미어지듯 안타깝다.

의 죄라 할까?

김군! 나는 더 참을 수 없었다. 나는 나부터 살려고 한다. 이때까지는 최면술에 걸린 송장이었다. 제가 죽은 송장으로 남(식구들)을 어찌 살리랴. 그러려면 나는 나에게 최면술을 걸려는 무리를, 험악한 이 공기의 원류를 쳐부수어야 하는 것이다.

나는 이것을 인간의 생의 충동이며 확충이라고 본다. 나는 여기서 무상*의 법열*을 느끼려고 한다. 아니 벌써부터 느껴진다. 이 사상이 나로 하여금 집을 탈출케 하였으며, ××단에 가입케 하였으며, 비바람 밤낮을 헤아리지 않고 벼랑 끝보다 더 험한 선에 서게 한 것이다.

김군! 거듭 말한다. 나도 사람이다. 양심을 가진 사람이다. 내가 떠나는 날부터 식구들은 더욱 곤경에 들 줄로 나는 안다. 자칫하면 눈 속이나 어느 구렁에서 죽는 줄도 모르게 굶어 죽을 줄도 나는 잘 안다. 그러므로 나는 이곳에서도 남의 집 행랑어멈*이나 아범이며, 노두에 방황하는 거지를 무심히 보지 않는다.

아! 나의 식구도 그럴 것을 생각할 때면 자연히 흐르는 눈물과 뿌직뿌직 찢기는 가슴을 덮쳐잡는다*.

- **무상** 제행무상. 우주의 모든 사물은 늘 돌고 변하여 한 모양으로 머물러 있지 아니함.
- **법열** 참된 이치를 깨달았을 때 느끼는 황홀한 기쁨.
- **행랑어멈** 남의 대문간에 붙어 있는 방에 살면서 대가로 그 집의 심부름이나 궂은일을 하는 나이 든 여자 하인.
- **덮쳐잡다** 한꺼번에 들이닥쳐 잡다.

그러나 나는 이를 갈고 주먹을 쥔다. 눈물을 아니 흘리려고 하며, 비애에 상하지 않으려고 한다. 울기에는 너무도 때가 늦었으며, 비애에 상하는 것은 우리의 박약을 너무도 표시하는 듯싶다. 어떠한 고통이든지 참고 분투*하려고 한다.

김군! 이것이 나의 탈가한 이유를 대략 적은 것이다. 나는 나의 목적을 이루기 전에는 내 식구에게 편지도 하지 않으려고 한다. 그네가 죽어도, 내가 또 죽어도······.

나는 이러다 성공 없이 죽는다 하더라도 원한이 없겠다. 이 시대, 이 민중의 의무를 이행한 까닭이다.

아아, 김군아! 말을 다 하였으나 정은 그저 가슴에 넘치누나!

《조선문단》1925년 3월호에 실린 작품을 바탕으로 함.

• **분투** 고군분투. 있는 힘을 다하여 싸우거나 노력함.

작품 이해하기

〈탈출기〉는 1925년 3월《조선문단》6호에 실린 단편소설이다. 1인칭 주인공 시점으로 되어 있으며, 서술자인 '박군'이 친구 '김군'에게 쓴 답장 형식으로 되어 있다.

서술자는 편지를 통해 식구들을 버리고 집을 나올 수밖에 없었던 자신의 사연을 구구절절이 설명한다. 그 과정에서 간도에서 겪었던 온갖 고난을 생생하게 전달하고 있다. 특히 만삭의 아내가 무언가 몰래 먹는 것을 보고 배신감을 느끼다가, 그것이 길에서 주운 귤껍질이었다는 것을 알게 되는 장면은, 가난이 얼마나 사람을 비참하게 만드는지를 잘 보여주는 장면으로, 이 소설의 백미라고 할 수 있다. 또한 막일로 번 돈을 밑천 삼아 두부 장사를 해 보지만, 두부 만드는 요령과 충분한 자본이 없어 다시금 배를 곯아야 하는 상황에 처하게 되는 것도 의미 있는 장면이다. 농사지을 땅도 없고 장사를 할 만한 자본이나 기술이 없는 사람들은 평생을 고된 노동에 시달리면서도 가난에 허덕일 수밖에 없다는 것을 보여주고 있기 때문이다.

이렇게 더 이상의 희망이 보이지 않는, 산송장과도 같은 삶을 견디지 못한 '나'는 자신을 억압하는 사회적 제도를 쳐부수기 위해 비장한 각오로 집을 나서고, 누군가는 그것을 알아주길 바라는 마음에 친구에게 편지를 쓰게 된 것이다.

이 소설은 간도 이주민들의 비참한 생활을 생생하게 증언하며 식민지 시대의 사회적 모순을 비판한 작품이다. 가난에 대한 사실적 묘사와 간결하면서도 격정적인 문체, 연애담 위주였던 편지 형식을 사회적 주제에 차용하는 등 다양한 측면에서 1920년대 문단에 신선한 충격을 안겨주었으며, 여전히 최서해 소설의 대표작 가운데 하나로 평가되고 있다.

작품 깊이읽기

서간체 소설

이 소설은 서간체 소설이다. '서간'이란 편지와 같은 것으로, 자신의 안부나 소식을 적어 보내는 글을 말한다. 주인공인 '나(박군)'가 친구인 '김군'에게 답장을 보내는 형식으로 전개되고 있다. 이러한 서간체 형식을 취하면, 독자들은 마치 자신이 그 편지를 받아 보는 것 같은 느낌이 들어 이야기에 호기심을 갖게 되고, 소설 속 이야기가 진짜인 것 같은 몰입감을 느낄 수 있다.

그런데 특이한 것은 '나'의 편지 속에 '김군'이 보냈던 편지의 내용이 고스란히 담겨 있다는 것이다. 김군은 집안의 가장인 주인공이 식구들을 버리고 ××단에 가입한 것을 반대하며, '가족을 못 살리는 힘으로 어찌 사회를 건지랴.'라며 집으로 돌아갈 것을 설득한다. 이러한 편지 내용을 그대로 인용함으로써 주인공이 현재 처한 상황을 독자들에게 압축적으로 전달하고 있다. 또한 가족을 버리는 행위의 부당함을 내세워 '나'의 양심을 자극하고 있는데, 이로 인해 주인공의 내적 갈등이 부각된다.

이에 '나'는 친구의 격정을 이해하면서도, 자신이 탈가할 수밖에 없는 이유를 편지에 구체적으로 적고 있다. 이를 통해 독자들은 주인공의 생각과 심리를 자세히 알게 되고, 주인공의 처지에 공감할 수 있게 된다.

한편, 이 소설은 편지 형식임에도 불구하고 임신한 아내가 귤껍질을 몰래 먹다 버리는 상황 등의 장면 묘사나 인물 간의 대화 등을 자연스럽게 삽입하여 이야기를 지루하지 않게 전개하고 있다.

고생 끝에 주인공이 깨달은 것은?

주인공은 땅이 기름진 간도로 이주하면 어디에서건 농사를 지어 배불리 먹고 따듯하게 지낼 수 있을 줄 알았다. 하지만 농사를 지을 수 있는 빈 땅은 없었고, 소작을 얻기도 힘들었다. 그리하여 가족들은 구들 고치기, 삯김, 삯방아 등으로 생계를 유지했고, 겨우 모은 밑천으로 두부 장사를 시작하지만 두부는 번번이 쉬어버린다. '나'는 산후통이 있는 아내와 산에 가서 나무를 해 오고, 팔이 떨어져라 맷돌을 갈며 돈을 벌기 위해 노력하지만, 돌아오는 것은 언제나 굶주림과 젖 달라고 빽빽거리는 아이 울음소리뿐이었다.

주인공은 이러한 극한의 상황 속에서, 가족들과 함께 죽어버리든지 강도질이라도 하는 게 낫겠다는 생각까지 한다. 그러다 곰곰이 생각하고는, 자신이 그동안 세상에 속았음을 깨닫게 된다. 그동안은 '부지런한 자에게 복이 온다'는 말을 믿고 열심히 살았지만, 사실 이 세상은 '포악하고 허위스럽고 요사한 무리를 용납하고 옹호하는 세상'이자, '게으른 자를 옹호하고 용납하는 제도가 판치는 세상'이었던 것이다. 이때 말하는 '제도'란 바로 일본제국주의의 식민통치 제도를 말한다. 자신들 가난의 근본 원인은 일본이 조선 땅을 빼앗은 데에 있으며, 이러한 식민 지배를 가능하게 만든 세상을 바꾸지 않는 이상, 가족들의 앞날은 어두울 수밖에 없다는 것을 깨달은 주인공은, 그러한 세상을 바꿔야 한다는 생각에 출가하여 '××단'에 가입하게 된 것이다.

제목 '탈출기'의 의미는?

이 소설의 제목이 '탈가기(脫家記)'가 아니라 '탈출기(脫出記)'인 이유는, 주인공이 자신을 얽매던 현실에서 '빠져나왔다'는 것을 강조하기 위해서일 것이다. 이때 주인공이 감행한 탈출의 의미는 두 가지로 해석된다. 첫 번째는 가족들의 생계를 책임져야 하는 가장으로서의 의무에서 탈출했다는 것이다. 그리고 두 번째는 부조리한 세상의 모습을 깨닫지 못하고 성실하게만 살아온 자신의 어리석은 과거에서 탈출한다는 의미다. 한 치 앞도 보이지 않는 어두운 현실을 계속 살아가는 것은 '최면술에 걸린 송장'과도 같은 삶이므로, 이렇게 만든 사회제도 자체를 바꾸기 위해 자신의 남은 생을 헌신하겠다는 것이다.

물론 식민지 조선의 현실을 극복하지 않고서는 가난을 근본적으로 해결할 수 없겠지만, 이미 가정을 꾸린 주인공이 자신에게 의지하는 늙은 어머니와 처자식을 버리고 집을 나간다는 것은 비도덕적인 행동이라고밖에 할 수 없다. 하지만 '나'는 살아도 죽은 것과 다름없는 현재의 삶을 버리고, 독립운동이라는 '민중의 의무'를 이행해야만 사람다운 삶을 살 수 있다고 생각하며 집을 나선 것이다.

생각해 볼 만한 질문

- 이 가족이 가난한 근본적인 이유는 무엇일까?

- 주인공은 간도에 가면 정말 땅을 얻을 수 있다고 생각했을까?

- 주인공은 아내에게 황송한 마음과 존경심을 느끼면서도 왜 욕을 했을까?

- 내가 주인공이라면 두부 장사에 실패했을 때 어떻게 했을까?

- 이 편지를 받은 '김군'이 주인공에게 답장을 한다면 어떤 편지를 쓰게 될까?

랄　　출　　기

홍　　　　염

해　　돌　　이

무서운　인상

홍염

1

겨울은 이 가난한, 백두산 서북편 서간도 한 귀퉁이에 있는 이 가난한 촌락 빼허〔白河〕에도 찾아들었다. 겨울이 찾아들면 조그마한 강을 앞에 끼고 큰 산을 등진 빼허는 쓸쓸히 눈 속에 묻히어서 차디찬 좁은 하늘을 치어다보게 된다.

눈보라는 북국의 특색이라, 빼허의 겨울에도 그러한 특색이 있다. 이것이 빼허의 생령들을 괴롭게 하는 것이다.

오늘도 눈보라가 친다.

북극의 얼음 세계나 거쳐 오는 듯한 차디찬 바람이 우— 하고 몰려오는 때면, 산봉우리와 엉성한 가지 끝에 쌓였던 눈들이 한꺼번에 휘날려서, 이 좁은 산골은 뿌연 눈안개 속에 들게 된다. 어떤 때는 강골˚ 바람으로 빙판에 덮였던 눈이 산봉우리로 불리게 된다. 이렇게 교대적으로 산봉우리의 눈이 들로 내리고 빙판의 눈

• **강골** 강물이 흐르는 골짜기.

이 산봉우리로 올리달려서 서로 엇바뀌는 때면 그런대로 관계치 않으나, 하늬〔天風〕˙와 강바람이 한꺼번에 불어서 강으로부터 올리달은 눈과 봉우리로부터 내리달은 눈이 서로 부닥치고 어우러지게 되면 눈보라와 바람 소리에 빼허의 좁은 골짜기는 터질 듯한 동요를 받는다.

등진 산과 앞으로 낀 강 사이에 게딱지처럼 끼어 있는 것이 이 빼허의 촌락이다. 통틀어서 다섯 호밖에 되지 않는 집이나마 밭을 따라서 이리저리 흩어져 있다. 모두 커다란 나무를 찍어다가 '우물 정(井)' 자로 틀을 짜 지은 집인데, 여기 사람들은 이것을 '귀틀집'이라 한다. 지붕은 대개 조짚˙이요, 혹은 나무껍질로도 이었다. 그 꼴은 마치 우리 내지(간도서는 조선을 내지라 한다)의 거름집〔堆肥舍〕˙과 같다. 심하게 말하는 이는 도야지굴˙과 같다고 한다.

이것이 남부여대˙로 서간도 산골을 찾아들어서 사는 조선 사람의 집들이다. 빼허의 집들은 그러한 좋은 표본이다.

험악한 강산, 세찬 바람과 뿌연 눈보라 속에 게딱지처럼 붙어서 위태위태한 침묵을 지키고 있는 그 모든 집에도 언제든지 공도(公

- **하늬** 하늬바람. 서쪽에서 부는 바람.
- **조짚** 조나 피 따위의 낟알을 떨어낸 짚.
- **거름집** 퇴비사. 퇴비(거름)를 넣어두는 헛간.
- **도야지굴** 돼지우리.
- **남부여대** 남자는 지고 여자는 인다는 뜻으로, 가난한 사람들이 살 곳을 찾아 이리저리 떠돌아다님을 이르는 말.

道)[•]가, 위대한 공도가 어그러지지 않으면 언제든지 꼭 한때는 따뜻한 봄볕이 지나리라. 그러나 이렇게 눈발이 날리고 바람이 우짖으면, 그 어설궂은[•] 집 속에 의지없이[•] 들어박힌 넉시[•]들은 자기네로도 알 수 없는 공포에 몸을 부르르 떨게 된다.

이렇게 몹시 춥고 두려운 날 아침에 문 서방은 집을 나섰다. 산산이 흐트러진 머리카락을 뿌연 상투에 휘휘 걷어 감고 수건으로 이마를 질끈 동인 위에 까맣게 그을린 대팻밥모자[•]를 끈 달아 썼다. 부대처럼 특특한[•] 토수래(베실을 삶아서 짠 것이다) 바지저고리는 언제 입은 것인지 뚫어지고 흙투성이 되었는데, 바람에 무겁게 흩날린다.

"문 서뱅이 벌써 갔소?"

문 서방은 짚신에 들막[•]을 단단히 하고 마당에 내려서려다가, 부르는 소리에 머리를 돌렸다. 펄쩍 문을 열면서 때가 찌덕찌덕한 늙은 얼굴을 내미는 것은 한 관청(관청은 직함)이었다.

"왜 그러시우?"

- **공도** 사회 일반에 통용되는 공평하고 바른 도리.
- **어설궂다** 몹시 어설프다.
- **의지없이** 의지가지없이. 의지할 만한 대상이 없이. 또는 다른 방도가 없이.
- **넉시** 넋. 정신이나 마음. 여기서는 '사람'을 뜻함.
- **대팻밥모자** 대팻밥처럼 얇은 나뭇조각을 잇대어 꿰매 만든 여름 모자. 햇볕을 가릴 목적으로 쓴다.
- **특특하다** 천 따위의 바탕이 촘촘하고 조금 두껍다.
- **들막** 벗어지지 않게 신을 동여매는 일.

경기 말씨가 그저 남아 있는 문 서방은 한 발로 마당을 밟고 한 발로 흙마루를 밟은 채 한 관청을 보았다.

"엑, 바름(바람)두! 저, 엑 흑……."

한 관청은 몰아치는 바람이 아츠러운지* 연방 흑흑 느끼면서,

"저, 일절 욕을 마오! 그게…… 엑, 워쩐 바름이 이런구! 그게 되놈*인데, 부모두 모르는 되놈인데……."

하는 양은, 경험 있는 늙은 사람의 말을 깊이 들으라는 어조이다.

"나는 또 무슨 말씀이라구! 아, 그놈이 이번두 그러면 그저 둔단 말이오?"

문 서방의 소리는 좀 분개하였다.

눈을 몰아치는 바람은 또 몹시 마당으로 몰아들었다. 그 판에 문 서방은 바람을 등지고 돌아서고, 한 관청의 머리는 창문 안으로 자라목처럼 움츠렸다.

"글쎄, 이 늙은 거 말을 들소! 그놈이 제 가새비(장인)를 잘 알았 겠소! 흥……."

한 관청은 함경도 사투리로 뇌이면서 다시 머리를 내밀었다.

"염려 마슈! 좋게 하죠."

문 서방은 더 들을 말 없다는 듯이 바람을 안고 획 돌아섰다.

• **아츠럽다** 안쓰럽다. 애처롭다.
• **되놈** 중국 사람을 낮잡아 이르는 말.

"그새 무슨 일이나 없을까?"

밭 가운데로 눈을 헤갈면서* 나가던 문 서방은 주춤하고 돌아다보면서 혼자 뇌었다. 눈보라 때문에 눈도 뜰 수 없거니와 지척을 분간할 수 없이 되어서 집은커녕 산도 보이지 않았다.

"그새 무슨 일이 날라구!"

그는 또 이렇게 혼자 뇌이고 저고리 앞섶을 단단히 여미면서 강가로 내려가다가 발을 돌려서 언덕길로 올라섰다. 강 얼음을 타고 가는 것이 빠르지만, 바람이 심하면 빙판에서 걷기가 거북하여 언덕길을 취하였다. 하* 다니던 길이니 짐작으로 걷지, 눈에 묻히어서 길이 보이지 않았다.

언덕길에 올라서니 바람은 더 심하였다. 우와― 하고 가슴을 치어서 뒤로 휘뜩 자빠질 것은 고사하고, 눈발이 아츠럽게* 낯을 치어서 눈도 뜰 수 없고 숨도 바로 쉴 수 없었다. 뻣뻣하여 가는 사지에 억지로 힘을 주어가면서 이를 악물고 두 마루턱이나 넘어서 달리소 강가에 이르니, 가슴에서는 잔나비*가 뛰노는 것 같고 등골에는 땀이 흘렀다. 그는 서리가 뿌연 수염을 씻으면서 빙판을 건너간다. 빙판에는 개가죽 모자, 개가죽 바지에 커다란 울레(신)

- **헤갈다** 헤가르다. 헤쳐 가르다.
- **하** 아주. 몹시. 많이.
- **아츠럽게** 앞에 나온 '아츠러운지'와는 다른 뜻으로 쓰였다. 여기서는 '아슬아슬하고 위태롭게' 정도의 뜻이다.
- **잔나비** 원숭이.

를 신은 중국 파리(썰매)꾼*들이 기다란 채찍을 휘두르면서, '뚜―어, 뚜―어, 딱딱' 하고 말을 몰아간다.

"꺼울리 날 취(저 조선 거지 어디 가나)?"

중국 파리꾼들은 문 서방을 보면서 욕을 하였으나, 문 서방은 허둥허둥 빙판을 건너서 높다란 바위 모퉁이를 지나 언덕에 올라섰다.

여기가 문 서방이 목적하고 온 달리소라는 땅이다. 이 땅 주인은 '인(殷)가'라는 중국 사람인데, 그 인가는 문 서방의 사위이다. 저편 밭 가운데 굵은 나무로 울타리를 한 것이 인가의 집이다. 그 밖으로 오륙 호나 되는 게딱지 같은 귀틀집은 지팡살이(소작인)* 하는 조선 사람들의 집이다. 문 서방은 바위 모퉁이를 돌아 언덕에 오르니, 산이 서북을 가리어서 바람이 좀 즘즉하여* 좀 푸근한 느낌을 받았으나, 점점 인가(사위)의 집 용마루가 보이고 울타리가 보이고 그 좌우의 같은 조선 사람의 집이 보이니, 스스로 다리가 움츠러지면서 걸음이 떠지었다.*

"엑 더러운 놈! 되놈에게 딸 팔아먹는 놈!"

• **파리꾼** 짐을 실은 달구지나 마차, 썰매 등을 모는 사람을 낮잡아 이르는 말.
• **지팡살이** 광복 전 만주 땅에서 성행하던 소작 제도의 하나. 높은 비율의 소작료를 지불할 것을 계약하고 지주로부터 경작할 땅과 함께 살림집과 농기구까지 받아서 농사를 짓던 제도이다.
• **즘즉하다** 정도가 웬만하다.
• **떠지다** 속도가 느려지다.

그것은 자기 스스로 한 일은 아니지만, 어디선지 이런 소리가 귓청을 징징 치는 것 같은 동시에, 개기름이 번지레하여 핏발이 올올한˙ 눈을 흉악하게 굴리는 인가(사위)의 꼴이 언뜻 눈앞에 떠올라서, 그는 발끝을 돌릴까 말까 하고 주저하였다. 그러다가도,

"여보, 용례(딸의 이름)가 왔소? 용례 좀 데려다주구려."

하고 죽어가는 아내의 애원하는 소리가 귓가에 울려서 다시 앞을 향하였다.

"이게, 문 서뱅이! 또 딸 집을 찾아가읍느마?"

머리를 수굿하고˙ 걷던 문 서방은 불의의 모욕이나 받은 듯이 어깨를 툭 떨어뜨리면서 머리를 들었다. 그것은 길옆에서 도야지 우리를 손질하던 지팡살이꾼의 한 사람이었다.

"네! 아 아니……."

문 서방은 대답도 아니요 변명도 아닌 이러한 말을 하고는 얼른 얼른 인가의 집으로 향하였다. 온 동리가 모두 나서서 자기의 뒤를 비웃는 듯해서 곁눈질도 못 하였다.

여기는 서북이 가리어서 빼허처럼 바람이 심하지 않았다. 흐릿하나마 볕도 엷게 흘렀다.

• **올올한** '실 가닥처럼 드러나 있는' 정도의 뜻.
• **수굿하다** 고개를 조금 숙이다.

2

"여보! 저 인가가 또 오는구려!"

가을볕이 쨍쨍한 마당에서 깨를 떨던 아내는, 남편 문 서방을 보면서 근심스럽게 말하였다.

"오면 어쩌누? 와도 허는 수 없지!"

뒤주간* 앞에서 옥수수 껍질을 바르던* 문 서방은 기탄없이 말하였다.

"엑, 그 단련*을 또 어찌 받겠소?"

아내의 찌푸린 낯은 스르르 흐리었다.

"참 되놈이란 오랑캐……."

"여보, 여기 왔소."

문 서방의 높은 소리를 주의시키던 아내는 뒤주간 저편을 보면서,

"아, 오셨소!"

하고 어색한 웃음을 웃었다.

"예 왔소! 장귀즈(주인)* 있소?"

• **뒤주간** 곡식을 보관하기 위해 나무로 지은 창고.
• **바르다** 껍질을 벗기어 속에 들어 있는 알맹이를 집어내다.
• **단련** 귀찮고 어려운 일에 시달림.
• **장귀즈** 주인, 남편, 지주 등의 뜻을 지닌 중국어 '掌柜的(zhǎngguìde)'로 추정됨.

지주 인가는 어설픈 웃음을 지으면서 마당에 들어서다가 뒤주 간 앞에 앉은 문 서방을 보더니,

"응, 저기 있소!"

하고 손가락질을 하면서 그 앞에 가 수캐처럼 쭈그리고 앉았다.

서천에 기운 태양은 인가의 이마에 번지르르 흘렀다.

"어디 갔다 오슈?"

문 서방은 의연히 옥수수를 바르면서, 하기 싫은 말처럼 힘없이 끄집어내었다.

"문 서방! 그래 올해도 비들 모 갚으겠소?"

인가는 문 서방 말과는 딴전을 치면서 담뱃대를 쌈지에 넣는다.

"허허, 어제두 말했지만…… 글쎄 곡식이 안 된 거 어떡하오?"

"안 돼! 안 돼! 곡식이 자르 되고 모 되구 내가 알으오? 오늘은 받아가지구야 가겠소!"

인가는 담배를 피우면서 버티려는 수작인지, 땅에 펑덩 들어앉았다.

"내년에는 꼭 갚아드릴게. 올만 참아주오! 장구재(주인)도 알지만, 흉년이 되어서 되지두 않은 이것(곡식)을 모두 드리면 우리는 어떻게 겨울을 나라구? 응? 자, 내년에는 꼭…… 하하."

인가를 보면서 넉시 없는 웃음을 치는 문 서방의 눈에는 애원하는 빛이 흘렀다.

"안 되우! 안 돼! 통통(모두) 되(다) 주! 모두두 많이 많이 부족

68

이오!"

"부족이 돼두 하는 수 없지. 글쎄 뻔히 보시면서 어떡하란 말이오! 휴."

"어째 어부소? 응? 늬듸 어째 어부소! 마리 해! 울리 쌀리듸, 울리 소금이듸, 울리 강낸이듸…… 늬듸 입이(그는 입을 가리키면서) 듸 안 머거? 어째 어부소? 응?"

인가는 낯빛이 검으락 푸르락 해서 소리를 고래고래 질렀다. 문 서방은 더 말이 나오지 않았다.

언제나 이놈의 소작인 노릇을 면하여 볼까? 경기도서도 소작인 10년에 겨죽*만 먹다가 그것도 자유롭지 못하여 남부여대로 딸 하나 앞세우고 이 서간도로 찾아들었더니, 여기서도 그네를 맞아주는 것은 지팡살이였다. 이름만 달랐지 역시 소작인이다. 들어오던 해는 풍년이었으나 늦게 들어와서 얼마 심지 못하였고, 그 이듬해에는 흉년으로 말미암아 일 년 내 꾸어 먹은 것도 있거니와 소작료도 못 갚아서 인가에게 매까지 맞고 금년으로 미뤘더니 금년에도 흉년이 졌다. 다른 사람들도 빚을 지지 않은 바가 아니로되 유독 문 서방을 조르는 것은, 음흉한 인 서방의 가슴속에 문 서방의 딸 용례(금년 열일곱)가 걸린 까닭이었다.

문 서방은 벌써 그 눈치를 알아채었으나 차마 양심이 허락지 않

• **겨죽** 쌀의 속겨로 쑨 죽.

았다. 인가의 욕심만 채우면 밭맥(1맥은 10일경. 1일경은 약 천 평)이나 단단히 생겨 한평생 기탄이 없을 것을 모르지는 않지만, 무남독녀로 고이 기른 딸을 되놈에게 주기는 머리에 벼락이 내릴 것 같아서, 죽으면 그저 굶어 죽었지 차마 할 수 없었다. 그는 그런 것 저런 것 생각할 때마다 도리어 내지(조선)가 그리웠다. 쪼들려도 나서 자란 자기 고향에서 쪼들리던 옛날이, 3년 전의 그 옛날이 그리웠다. 그러나 그것도 한 꿈이었다. 그 꿈이 실현되기에는 그네의 경제적인 기초가 너무도 어주리없었다˙. 빈 마음만 흐르는 구름에 부쳐서 내지로 보낼 뿐이었다.

"어째서 대답이 어부소? 응? 그래 울리 비듸 듸 안 가파? 창우니 빠피야(이놈 껍질 벗긴다)!"

인가는 담뱃대를 꽁무니에 찌르면서 일어나 앉더니 팔을 걷는다. 그것을 본 문 서방 아내는 낯빛이 파랗게 질려서 부들부들 떨면서 이편만 본다. 문 서방도 낯빛이 까맣게 죽었다.

"자, 그러면 금년 농사는 온통 드리지요!"

문 서방의 목소리는 힘없이 떨렸다. 마치 종아리채˙를 든 초학˙ 훈장의 앞에 엎드린 어린애의 소리처럼……

"부요우(일없다)…… 통통 듸…… 모모 모두 우리 가져가두 보

˙ **어주리없다** 너무나 약하고 실속이 없다.
˙ **종아리채** 종아리를 때릴 때 쓰는 회초리.
˙ **초학** 학문을 처음으로 배움.

미(옥수수) 쓰단(4석), 쌔옌(소금) 얼씨진(20근), 쏨미(좁쌀) 듸 빠단(8석) 듸 유아(있다). 늬듸 자리 알라 있소!* 그거 안 줘?"

검붉은 인가의 뺨은 성난 두꺼비 배처럼 불떡불떡하였다.

"나머지는 내년에 갚지요!"

문 서방은 머리를 뚝 떨어뜨렸다.

"슴마(뭐)? 창우니 빠피야!"

인가의 억센 손은 문 서방의 멱살을 잡았다. 문 서방은 가만히 받았다. 정신이 아찔하였다.

"에구! 장구재…… 흑흑…… 장구재…… 제발 살려줍쇼! 제발 살려주시면 뼈를 팔아서라두 갚겠습니다. 장구재 제발!"

문 서방의 아내는 부들부들 떨면서 인가의 팔에 매달렸다. 그의 애걸하는 소리는 벌써 울음에 떨렸다.

"내 보미 워듸 소금이 낼라! 아니 줬소? 아니 줬소? 어 어째서 아니 줬소?"

인가의 주먹은 문 서방의 귓벽을 울렸다.

"아이구!"

문 서방은 땅에 쓰러졌다.

"엑 에구…… 응응응…… 에구 장구재! 제발 제 제…… 흑 제발 좀 살려줍소…… 응응."

• '당신들 잘 알겠소!'라는 말.

쓰러지는 문 서방을 붙잡던 아내는 인가를 보면서 땅에 엎드려서 손을 비빈다.

"이 상느므샛지(상놈의 자식)…… 늬듸 로포(아내) 워듸(내가) 가져가!"

하고 인가는 문 서방을 차더니, 엎드려서 손이야 발이야 비는 문 서방 아내의 손목을 잡아끌었다.

"늬듸 울리 집이 가! 오늘리부터 늬듸 울리 에미네(아내)!"

"장구재…… 제발…… 에이구 응응."

"에구 엄마!"

집 안에서 바느질하던 용례가 내달았다. 인가는 문 서방의 아내를 사정없이 끌고 자기 집으로 향한다.

"나를 잡아가라! 나를!"

쓰러졌던 문 서방은 인가의 팔을 잡았다.

"타마나*!"

하는 소리와 같이 인가의 발길은 문 서방의 불꺼름*으로 들어갔다. 문 서방은 거꾸러졌다.

"아이구 어머니! 왜 울 어머니를 잡아가오? 응응…… 흑."

용례는 어머니의 팔목을 잡은 중국인의 손을 물어뜯었다. 용례

• **타마나** 他妈的[tāmāde]. '제기랄' 정도의 뜻으로 쓰이는 중국 욕으로 추정됨.
• **불꺼름** 불두덩. 남녀의 생식기 언저리에 있는 불룩한 부분.

를 본 인가는, 문 서방 아내는 놓고 문 서방의 딸 용례를 잡았다.

"이 개새끼야! 이것 놔라…… 응응 흑…… 아이구 아버지……

엄마!"

억센 장정 인가에게 티끌같이 끌려가는 연연한* 처녀는 몸부림

을 하면서 발악을 하였다.

"용례야! 에이구 우리 용례야!"

"에이구 응. 너를 이 땅에 데리구 와서 개 같은 놈에게……."

문 서방 내외는 허둥지둥 달려갔다.

낯빛이 파랗게 질린 흰옷 입은 사람들은 쭉 나와서 섰건마는,

모두 시체같이 서 있을 뿐이었다. 여편네 몇몇은 치맛자락으로 눈

물을 씻었다.

의연히 제 걸음을 재촉하는 볕은 서산 위에 뉘엿뉘엿하였다. 앞

강으로 올라오는 찬 바람은 스르르 스쳐 가는데, 석양에 돌아가는

까마귀 울음은 의지없는 사람의 넋을 호소하는 듯 처량하였다.

"에구 용례야! 부모를 못 만나서 네 몸을 망치는구나! 에구 이

놈의 돈이 우리를 죽이는구나!"

문 서방 내외는 그 밤을 인가의 집 울타리 밖에서 새웠다. 누구

하나 들여다보지도 않는데, 인가의 집에서 내놓은 개들은 두 내외

를 잡아먹을 듯이 짖으며 덤벼들었다.

• **연연하다** 가냘프고 약하다.

이리하여 용례는 영영 인가의 손에 들어갔다. 며칠 후에 인가는 지금 문 서방이 있는 빼허에 땅날갈이˙나 있는 것을 문 서방에게 주어서 그리로 이사시켰다. 문 서방은 별별 욕과 애원을 하였으나, 나중에 인가는 자기 집 일꾼들을 불러서 억지로 몰아내었다. 이리하여 문 서방은 차마 생목숨을 끊기 어려워서 원수가 주는 땅을 파먹게 되었다. 그것이 작년 가을이었다. 그 뒤로 인가는 절대로 용례를 밖으로 내보내지 않을 뿐만 아니라, 그 어버이 되는 문 서방 내외에게도 보이지 않았다.

'용례는 매일 밥도 안 먹고 어머니 아버지만 부르고 운다.' 하는 희미한 소식을 인가의 집에 가까이 드나드는 중국인들에게서 들을 때마다, 문 서방은 가슴을 치고 그 아내는 피를 토하였다.

이리하여 문 서방의 아내는 늦은 여름부터 아주 병석에 드러누웠다. 그는 병석에서 매일 용례만 부르고 용례만 보여달라고 졸랐다. 그래서 문 서방은 벌써 세 번이나 인가를 찾아가서 말했으나 효과가 없었다.

이번까지 가면 네 번째다. 이번은 어떻게 성사가 될는지? (간도 있는 중국인들은 조선 여자를 빼앗아가든지, 좋게 사 가더라도 밖에 내보내지를 않고 그 부모에게까지 흔히 면회를 거절한다. 중국인은 의심이 많아서 그런다고 들었다.)

• **땅날갈이** 소를 데리고 하룻낮 동안에 갈 수 있는 밭의 넓이.

3

문 서방은 울긋불긋한 채필*로 관운장과 장비를 무섭게 그려 붙인 인가의 집 대문 앞에 섰다. 문 밖에서 뼈다귀를 핥던 얼룩개 한 마리가 웡웡 짖으면서 달려들더니, 이 구석 저 구석에서 개 무리가 우아— 하고 덤벼들었다. 어떤 놈은 으르릉 으르고, 어떤 놈은 꼬리를 뒷다리 사이에 바싹 끼면서 금방 물듯이 송곳 같은 이빨을 악물었고, 어떤 놈은 대들었다가는 뒷걸음을 치고 뒷걸음을 쳤다가는 대들면서 산천이 무너지게 짖고, 어떤 놈은 소리도 없이 코만 실룩실룩하면서 달려들었다. 그 여러 놈들이 문 서방을 가운데 넣고 쭉 돌라서서 각각 제멋대로 날뛴다. 그렇지 않아도 지금 개 때문에 대문 밖에서 기웃거리던 문 서방은, 이 사면초가를 어떻게 막으면 좋을지 몰랐다. 이러는 판에 한 마리가 획 들어와서 문 서방의 바짓가랑이를 물었다.

"으악…… 꺼우듸(개를)!"

문 서방이 소리를 치면서 돌멩이를 찾느라고 엎드리는 것을 보더니, 개들은 일시에 뒤로 물러났으나 다시 덤벼들었다.

"창우니 타마나가비(상소리다)!"

안에서 개가죽 모자를 쓰고 뛰어나오는 일꾼은 기다란 호밋자

• **채필** 채색할 때에 쓰는 붓.

루를 휘두르면서 개를 쫓았다. 개들은 몰려가면서도 몹시 짖었다.

문 서방은 조짚, 수수깡이 지저분하게 널려 있는 마당을 지나서 왼편 일꾼들 있는 방문으로 들어갔다. 누릿하고 뀌지한* 더운 기운이 후끈 낯을 스칠 때, 얼었던 두 눈은 뿌연 더운 안개에 스르르 흐리어서 어디가 어딘지 잘 분간할 수 없었다.

"윈따야 랠라마(문 영감 오셨소)?"

캉(구들)에서 지껄이는 중국인 중에서 누군지 첫인사를 붙였다.

"에헤 랠라 장구재(주인) 유(있소)?"

문 서방은 어색한 웃음을 지었다. 얼었던 몸은 차츰 녹고 흐리었던 눈앞도 점점 밝아졌다.

"짱캉바(구들로 올라오시오)!"

구들 위에서 나는 틱틱한 소리는 인가였다. 그는 일꾼들과 무슨 의논을 하던 판인가? 지껄이던 일꾼들은 고요히 앉아서 담배를 피우면서 호기심에 번득이는 눈을 인가와 문 서방에게 보내었다.

어느 천년에* 지은 집인지? 거미줄이 얼키설키* 서린 천장과 벽은 아궁이 속같이 꺼먼데, 벽에 붙여놓은 〈삼국풍진도(三國風塵圖)〉며 〈춘야도리원도(春夜桃李園圖)〉는 이리저리 찢기고 그을었

- **뀌지하다** 상쾌하지 못하고 지저분하다.
- **어느 천년에** 얼마나 뒤에. 보통은 기다려야 할 시간이 아득할 때 쓰는 말이지만, 여기서는 '아주 먼 옛날에' 정도의 뜻으로 쓰였다.
- **얼키설키** 가는 것이 이리저리 뒤섞이어 얽힌 모양. '얼기설기'보다 거센 느낌을 준다.

다. 그을음과 담배 연기에 싸여서 눈만 반짝반짝하는 무리들은 아귀도˙를 생각케 한다. 문 서방은 무시무시한 기분에 몸을 부르르 떨었다.

"최옌바(담배 잡수시오)!"

인가는 웬일인지 서투른 대로 곧잘 하던 조선말은 하지 않고, 알아도 못 듣는 중국말을 쓰면서 담뱃대를 문 서방 앞에 내밀었다.

"여보 장구재! 우리 로포가 딸을 못 봐서 죽겠으니, 좀 보여주. 응?"

문 서방은 담뱃대를 받으면서 또 전처럼 애걸하였다. 인가는 이마를 찡그리면서 볼을 불렸다.

"저게(아내) 마지막 죽어가는데 철천지한˙이나 풀어야 하잖겠소, 응? 한 번만 보여주! 어서 그러우! 내가 용례를 만나면 꾀일까 봐? 그럴 리 있소! 이렇게 된 바에야…… 한 번만…… 낯이나…… 저 죽어가는 제 에미 낯이나 한번 보게 해주! 네? 제발……."

"안 되우! 보내지 모하겠소. 우리 지비 문 바께 로포(아내, 용례를 가리키는 말) 나갔소. 재미 어부소."

배짱을 부리는 인가의 모양은 마치 전당포 주인과 같은 점이 있

• **아귀도** 아귀들이 모여 사는 세계. 이곳에서 아귀들이 먹으려는 음식은 불로 변하여 늘 굶주리고, 항상 매를 맞는다고 한다.
• **철천지한** 하늘에 사무치는 크나큰 원한.

었다. 문 서방의 가슴은 죄었다. 아섭고 안타깝고 슬픔이 어우러
지더니 분한 생각이 났다. 부뚜막에 놓은 낫을 들어서 인가의 배
를 왁 긁어놓고 싶었으나, 아직도 행여나 하는 바람과 삶에 대한
애착심이 그 분을 제어하였다.

"그러지 말고 제발 보여주오! 그러면 내 아내를 데리구 올까?
아니 바람을 쏘여서는…… 엑 죽어두 원이나 끄고 죽게, 내가 데
리고 올게. 낯만 슬쩍 보여주오, 네? 흑 엑, 제발……."

이십 년 가까이 손끝에서 자기 힘으로 기른 자기 딸을 억지로
빼앗긴 것도 원통하거든, 그나마 자유로 볼 수도 없이 되는 것을
생각하니…… 더구나 그 우악한 인가에게 가슴과 배를 사정없이
눌리는 연연한 딸의 버둑거리는 그림자가 눈앞에 언듯언듯하여,
가슴이 꽉 막히고 사지가 부르르 떨리면서 주먹이 쥐어졌다. 그러
나 뒤따라 병석의 아내가 떠오를 때, 그의 주먹은 풀리고 머리는
숙었다.

"넬리 또 왓소 이얘기 하오! 오늘리듸 울리듸 일이듸 푸푸듸!
많이 있소!"

인가는 문 서방을 어서 가라는 듯이 자기 먼저 캉(구들)에서 내
려섰다.

"제발 이러지 말구! 으흑 흑…… 제 제…… 제발 단 한 번만이
라두 낯만…… 으흑흑웅!"

문 서방은 인가를 따라서 밖으로 나오면서 울었다. 등 뒤에서는

웃음소리가 들렸다. 그러나 그 웃음소리는 이때의 문 서방에게는 아무러한 자극도 주지 못하였다.

"자, 이게 적지만……."

마당에 한참이나 서서 무엇을 생각하던 인가는 백조(百吊)짜리 관체(官帖, 돈) 석 장을 문 서방의 손에 쥐었다. 문 서방은 받지 않으려고 하였다. 더러운 놈의 더러운 돈을 받지 않으려 하였다. 그러나 지금 부쳐먹는 밭도 인가의 밭이다. 잠깐 사이 분과 설움에 어리어서 튕기던 돈은, 돈 힘은, 굶고 헐벗은 문 서방을 누르지 않을 수 없었다. 그는 못 이기는 것처럼 삼백 조를 받아 넣고 힘없이 나오다가,

'저 속에는 용례가 있으려니!'

생각하면서 바른편에 놓인 조그마한 집을 바라볼 때 자기도 모르게 발길이 도로 돌아졌다. 마치 거기서는 용례가 울면서 자기를 부르는 것 같았다. 그러나 인가는 문 서방을 문 밖에 내보내고 문을 닫아 잠갔다.

문 밖에 나서니 천지가 아득하였다. 발길이 돌아가지 않았다. 사생을 다투는 아내를 생각하면 아니 가든 못 할 일이고, 이 울타리 속에는 용례가 있거니 생각하면 눈길이 다시금 울타리로 갔다.

그가 바위 모퉁이 빙판에 올 때까지 개들은 쫓아 나와 짖었다. 그는 제 분김에 한 마리 때려잡는다고 얼른 돌멩이를 집어 들었다가, 작년 가을에 어떤 조선 사람이 어떤 중국 사람의 개를 때려죽

이고 그 사람이 주인에게 총 맞아 죽은 일이 생각나서 들었던 돌멩이를 흩뿌렸다.

돋아 떨어지는 겨울 해는 어느새 강 건너 봉우리 엉성한 가지 끝에 걸렸다. 바람은 좀 자고 날씨는 맑으나, 의연히 추워서 수염에는 우물가처럼 얼음보쿠*가 졌다.

4

눈옷 입은 산봉우리 나뭇가지 끝에 남았던 붉은 석양볕이 스르르 자취를 감추고, 먼 동쪽 하늘가에 차디찬 연자줏빛이 싸르르 돌더니 그마저 스러지고, 쌀쌀한 하늘에 찬 별들이 내려다보게 되면서부터 어둑한 황혼빛이 뻬허의 좁은 골에 흘러들어서 게딱지 같은 집 속까지 흐리기 시작하였다.

꺼먼 서까래가 드러난 수수깡 천장에는 그을린 거미줄이 흐늘흐늘 수없이 드리우고, 빈대 죽인 자리는 수묵으로 댓잎을 그린 듯이 흙벽에 빈틈이 없는데, 먼지가 수북한 구들에는 구름깔개(참나무를 얇게 밀어서 결은 자리)를 깔아놓았다. 가마 저편 바당(부엌)에는 장작개비가 흩어져 있고, 아궁이에서는 뻘건 불이 훨훨 붙는다.

• **얼음보쿠** 물이나 눈이 얼어붙은 위에 다시 물이 흘러서 여러 겹으로 얼어붙은 얼음.

뜨끈뜨끈한 부뚜막에는 문 서방의 아내가 누덕이불에 싸여 누웠고, 문 앞과 윗목*에는 이웃집 사람들이 모여 앉았는데, 지금 막 달리소 인가의 집에서 돌아온 문 서방은 신음하는 아내의 가슴에 손을 얹고 앉았다.

등꽃이에 켜놓은 등(삼대에 겨를 올려서 불 켜는 것)불은 환하게 이 실내의 이 모든 사람을 비추었다.

"용례야! 용례야! 용례야!"

고요히 누웠던 문 서방의 아내는 마지막 소리를 좀 크게 질렀다. 문 서방은 아내의 가슴을 지그시 눌렀다.

"에구, 우리 용례! 우리 용례를 데려다주구려!"

그는 눈을 번쩍 뜨면서 몸을 흔들었다.

"여보, 왜 이러우? 용례가 지금 와요! 금방 올걸!"

어린애를 달래듯 하면서, 땀내가 께저분한* 아내의 얼굴을 내려다보는 문 서방의 눈은 흐렸다.

"에구, 몹쓸 놈(인가)두! 저런 거 모르는 체하는가? 음!"

윗목에 앉은 늙은 부인은 함경도 사투리로 구슬피 뇌었다.

"허, 그러게 되놈이라지! 그놈들께 인륜*이 있소?"

- **윗목** 온돌방에서 아궁이로부터 먼 쪽의 방바닥. 불길이 잘 닿지 않아 아랫목보다 상대적으로 차가운 쪽이다.
- **께저분하다** 너절하고 지저분하다.
- **인륜** 군신·부자·형제·부부 따위에서 지켜야 할 도리.

문 앞에 앉았던 한 관청은 받아쳤다.

"용례야! 용례야! 흥 저기 저기 용례가 오네!"

문 서방의 아내는 쑥 꺼진 두 눈을 모듭떠서˙ 천장을 뚫어지게 보면서 보기에 아츠러운 웃음을 웃었다.

"어디? 아직은 안 오. 여보, 왜 이러우, 응?"

문 서방의 목소리는 떨렸다.

"저기 엑…… 용…… 용례…….”

그는 눈을 더 크게 뜨고 두 뺨의 근육을 경련적으로 움직이면서 번쩍 일어났다. 문 서방은 아내의 허리를 안았다. 그는 또 정신에 착오를 일으켰는지, 창문을 바라보고 뛰어나가려고 하면서,

"용례야! 용례 용례…… 저, 저기 저기 용례가 있네! 용례야, 어디 가니? 용례야! 네 어디 가느냐? 으응?"

고함을 치고 눈물 없는 울음을 우는 그의 눈에서는 퍼런 불빛이 번쩍하였다. 좌중˙은 모진 짐승의 앞에나 앉은 듯이 모두 숨을 죽이고 손을 들었다. 문 서방은 전신의 힘을 내어서 아내의 허리를 안았다.

"하하하…… (그는 이상한 소리를 내어 웃다가 다시 성을 잔뜩 내면서) 용례! 용례가 저리로 가는구나! 으응…… 저놈이, 저놈이 웬

- **모듭뜨다** 모들뜨다. 두 눈동자를 안쪽으로 몰아 뜨다.
- **좌중** 여러 사람이 모인 자리. 또는 모여 앉은 여러 사람.

놈이냐?"

하면서 한참 이를 악물고 창문을 노려보더니,

"저 저…… 이놈아! 우리 용례를 놓아라! 저 되놈이, 저 되놈이
용례를 잡아가네! 이놈 놔라! 이놈 모가지를 빼놓을 이 이……."

그의 앞에는 용례를 인가에게 빼앗기던 그때가 떠올랐는지, 이
를 빡 갈면서 몸을 번쩍 일으켜 창문을 향하고 내달았다.

"여보, 정신을 차리오! 여보, 왜 이러우! 아이구! 응……."

쫓아나가면서 아내의 허리를 안아서 뒤로 끌어들이는 문 서방
의 소리는 눈물에 젖었다.

"이놈아! 이게 웬 놈이 남을 붙잡니? 응 으윽."

그는 두 손으로 남편의 가슴을 밀다가도 달려들어서 남편의 어
깨를 물어뜯으면서,

"이것 놔라! 에구 용례야, 저게 웬 놈이…… 에구구…… 저놈
이 용례를 깔고 앉네!"

하고 몸부림을 탕탕 하는 그의 눈에는 핏발이 서고 낯빛은 파랗게
질렸다.

이때 한 관청 곁에 앉았던 젊은 사람은 얼른 일어나서 문 서방
을 조력하였다*. 끌어들이려거니 뛰어나가려거니 하여 밀치고 당
기는 판에, 등꽂이가 넘어져서 등불이 껌벅 죽어버렸다. 방 안이

• **조력하다** 힘을 써 도와주다.

83

갑자기 깜깜하여지자 창문만 희슥하였다*.

"조심들 하라니! 엑 불두!"

한 관청은 등대*를 화로에 대고 푸푸 불면서 툭턱툭턱하는* 사람들에게 주의를 시켰다. 불은 번쩍 하고 켜졌다.

'우우 쏴―스르륵'

문을 치는 바람 소리가 요란하였다.

"엑 또 바름이 나는 게로군! 날세(날씨)두 폐릅타*."

한 관청은 이렇게 뇌이면서 등꽂이에 등대를 꽂고 몸부림하는 문 서방 내외와 젊은 사람을 피하여 앉았다.

"이것 놓아주오! 아이구, 우리 용례가 죽소! 저 흉한 되놈에게 깔려서…… 엑 저 저 저…… 저것 봐라! 이놈, 네 이놈아! 에이구 용례야! 용례야! 사람 살려주오! (소리를 더욱 높여서) 우리 용례를 살려주! 응으윽 에엑웅……"

그는 마지막으로 오장육부*가 쏟아지게 소리를 지르다가 검붉은 핏덩이를 왈칵 토하면서 앞으로 거꾸러졌다.

- **희슥하다** 색깔이 조금 하얗다.
- **등대** 촛불이나 등잔 따위를 올려놓는 나무 바탕.
- **툭턱툭턱하다** '단단한 물건이 잇따라 서로 둔하게 부딪치는 고르지 아니한 소리가 나다.'라는 뜻. 여기서는 '사람들이 이리저리 부딪치는 소리가 나다.' 정도의 뜻으로 쓰였다.
- **폐릅하다** 괴상하다.
- **오장육부** 내장을 통틀어 이르는 말. 분노 따위의 심리 상태가 일어나는 몸 안의 곳으로서 이르는 말.

"으윽!"

"응 끔찍두 하게!"

하면서 여러 사람들은 거꾸러진 문 서방의 아내 앞에 모여들었다.

"여보! 여보! 아이구 정신 좀······."

떨려 나오는 문 서방의 소리는 절반이나 울음으로 변하였다.

거불거불하는* 등불 속에 검붉은 피를 한 말이나 토하고 쓰러진 그는, 낯이 파랗게 되어서 숨결이 없었다.

"허! 잡신*이 붙었는가? 으흠 응! 으흠 흥! 각황제방 심미기, 두 우열로 구슬벽*······."

여러 사람들과 같이 문 서방의 아내를 부뚜막에 고요히 뉘어놓은 한 관청은, 귀신을 쫓는 경문*이라고 발음도 바로 못 하는 이십팔수*를 줄줄 읽었다.

"으응응······ 흑흑······ 여 여보!"

문 서방의 목멘 울음을 받는 그 아내는, 한 관청의 서투른 경문소리를 듣는지 마는지, 손발은 점점 식어가고 낯은 파랗게 질렸는데, 무엇을 보려고 애쓰던 눈만은 멀거니 뜨고 그저 무엇인지 노

- **거불거불하다** 가볍게 흔들려 자꾸 움직이다.
- **잡신** 온갖 못된 귀신.
- 이십팔수 가운데 동쪽 별자리인 각(角), 항(亢), 저(氐), 방(房), 심(心), 미(尾), 기(箕)와 북쪽 별자리인 두(斗), 우(牛), 여(女), 허(虛), 위(危), 실(室), 벽(壁).
- **경문** 고사를 지내거나 굿을 할 때 외는 주문.
- **이십팔수** 하늘의 별들을 28개 구획으로 구분한 별자리.

85

리고 있다. 경문을 읽던 한 관청은,

"엑 인저는 늙어가는 사람이 울기는? 우지 마오! 이내 살아날 꺼!"

하고 문 서방을 나무라면서 문 서방의 아내 앞에 다가앉더니 주머니에서 은동침*(어느 때에 얻어둔 것인지?)을 내어서 문 서방 아내의 인중을 꾹 찔렀다. 그러나 점점 식어가는 그는 이마도 찡그리지 않았다. 다시 콧구멍에 손을 대어보았으나 숨결은 없었다.

바람은 '우우 쏴ㅡ' 하고 문에 눈을 들이쳤다. 여러 사람은 약속이나 한 듯이 두려운 빛을 띤 눈으로 창을 바라보았다.

"으응 에이구! 여보! 끝끝내 용례를 못 보구 죽었구려…… 잉 잉…… 흑."

문 서방은 울기 시작하였다. 그 울음소리는 고요한 방 안 불빛 속에 바람 소리와 함께 처량하게 흘렀다.

"에구 못된 놈(인가)도 있는게!"

"에구 참 불쌍하게두!"

"흥, 우리두 다 그 신세지!"

무시무시한 기분에 싸여서 낯빛이 푸르러 가는 여러 사람들은 각각 한마디씩 뇌었다. 그 소리는 모두 갈데없는 신세를 호소하는 듯하게 구슬프고 힘없었다.

• **은동침** '동침'은 '병을 치료하는 데 쓰는 가늘고 긴 침'을 뜻한다.

5

문 서방의 아내가 죽던 그 이튿날 밤이었다. 그날 밤에도 바람이 몹시 불었다. 그 바람은 강바람이어서 서북에 둘린 산 때문에 좀한˙ 바람은 움찍도 못 하던 달리소(문 서방의 사위 인가의 땅)까지 범하였다. 서북으로 산을 등지고 앞으로 강 건너 높은 절벽을 대하여 강골밖에 터진 데 없는 달리소는, 강바람이 들어차면 빠질 데는 없고 바람과 바람이 부딪쳐서 흔히 회오리바람이 일게 된다. 이날 밤에도 그 모양으로 달리소에는 회오리바람이 일어서, 낟가리˙가 날리고 지붕이 날리고 산천이 울려서, 혼돈이 배판할˙ 때 빙세계˙나 트는 듯한 판이라 사람은커녕 개와 도야지도 굴속에서 꿈쩍 못 하였다.

밤이 퍽 깊어서였다.

차디찬 별들이 총총한 하늘 아래, 우렁찬 바람에 휘날리는 눈발을 무릅쓰고 달리소 앞 강 빙판을 건너서 달리소 언덕으로 올라가는 그림자가 있다. 모진 바람이 스치는 때마다 혹은 엎드리고 혹은 우뚝 서기도 하면서 바삐바삐 가던 그 그림자는, 게딱지 같은

• **좀하다** 어지간하고 웬만하다.
• **낟가리** 낟알이 붙은 곡식을 그대로 쌓은 더미.
• **배판하다** 벌려서 차리다.
• **빙세계** 온통 얼음으로 뒤덮인 세계.

지팡살잇집 근처에서부터 무엇을 꺼리는지 좌우를 슬몃슬몃 보면서 자취를 숨기고 걸음을 느리게 하여 저편으로 돌아가 인가의 집 높은 울타리 뒤로 돌아간다.

'으르릉 웡웡'

하자 어느 구석에서인지 개가 한 마리, 두 마리, 세 마리, 네 마리 나와서 짖으면서 그 그림자를 쫓아간다. 그 개 소리는 처량한 바람 소리 속에 싸여 흘러서 건너편 산을 즈르렁즈르렁 울렸다.

'꽝! 꽝꽝!'

인가의 집에서는 개 짖음에 홍우재(마적)나 몰아오는가 믿었던지 헛총질을 네댓 방이나 하였다. 그 소리도 산천을 울렸다. 그 바람에 슬근슬근 가던 그림자는 휙 돌아서서 손에 들었던 보자기를 개 앞에 던졌다. 보자기는 터지면서 둥글둥글한 것이 우루루 쏟아졌다. 짖으면서 달려오던 개들은 짖음을 그치고 거기 모여들어서 서로 물고 뜯고 빼앗아 먹는다. 그러는 사이에 그림자는 인가의 울타리 뒤에 산같이 쌓아놓은 보릿짚 더미에 가서 성냥을 쭉 긋더니 뒷산으로 올리닫는다*.

처음에는 바람 속에서 판득판득하던* 불이 삽시간에 그 산 같은 보릿짚 더미에 붙었다.

---

* **올리닫다** 낮은 곳에서 높은 곳으로 향하여 달리다.
* **판득판득하다** 물체가 순간적으로 자꾸 작은 빛을 내비치거나 반사하다.

"훠쓰(불이야)!"

하는 고함과 같이 사람의 소리는 요란하였다. 모진 바람에 하늘하늘 일어서는 불길은 어느새 보릿짚 더미를 살라버리고 울타리를 살라버리고 울타리 안에 있는 집에 옮았다.

'푸우 우루루루루 쏴아―'

동풍이 몹시 이는 때면 불기둥은 서편으로, 서풍이 몹시 부는 때면 불기둥은 동으로 쓸려서 모진 소리를 치고 검은 연기를 뿜다가도, 동서풍이 어울치면* 축융*의 붉은 혓발*은 하늘하늘 염염히 타올라서, 차디찬 별, 억만년 변함이 없을 듯하던 별까지 녹아내릴 것같이 검은 연기는 하늘을 덮고, 붉은빛은 깜깜하던 골짜기에 차 흘러서 어둠을 기회로 모아들었던 온갖 요귀*를 몰아내는 것 같다. 불을 질러놓고 뒷숲 속에 앉아서 내려다보던 그 그림자, 딸과 아내를 잃은 문 서방은,

"하하하."

시원스럽게 웃고 가슴을 만지면서 한 손으로 꽁무니에 찼던 도끼를 만져보았다.

그 동리 사람들과 인가의 집 일꾼들은 불붙는 데 모여들었으나,

- **어울치다** 같이 어울리거나 휩쓸려서 세차게 불다.
- **축융** 불을 맡은 신. 화재의 뜻으로 쓰이기도 한다.
- **혓발** 타오르는 불을 '축융의 붉은 혀'로 묘사했다. '혓발'은 '불이 타오르는 기세'를 뜻한다.
- **요귀** 요망하고 간사스러운 마귀.

모두 어쩔 줄을 모르고 떠들고 덤비면서 달려가고 달려올 뿐이었다.

그러는 사이에 울타리는 물론 울타리 속에 엉큼히˚ 서 있던 큰 집 두 채도 반이나 타서 쓰러졌다.

이런 불 속으로부터, 여러 사람이 오고 가는 밭 가운데로 튀어나가는 두 그림자가 있었다. 하나는 커다란 장정이요, 하나는 작은 여자이다. 뒷산 숲에서 이것을 보던 문 서방은 그 두 그림자를 향하여 내리뛰었다. 그는 천방지방˚ 내리뛰었다. 독살˚이 잔뜩 올라서 불빛에 번쩍이는 그의 눈에는 이 두 그림자밖에는 아무것도 보이지 않았다.

"으윽 끅."

문 서방이 여러 사람을 헤치고 두 그림자 앞에 가 섰을 때, 앞에 섰던 장정의 그림자는 땅에 거꾸러졌다. 그때는 벌써 문 서방의 손에 쥐었던 도끼가 장정 인가의 머리에 박혔다. 도끼를 놓은 문 서방의 품에는 어린 여자의 그림자가 안겼다. 용례가…….

그 바람에 모여 섰던 사람들은, 혹은 허둥지둥 뛰어버리고 혹은 뒤로 자빠져서 부르르 떨었다. 용례도 거꾸러지는 것을 안았다.

"용례야! 놀라지 마라! 나다! 아버지다! 용례야!"

문 서방은 딸을 품에 안으니 이때까지 악만 찼던 가슴이 스르르

- **엉큼히** 엉뚱한 욕심을 품고 분수에 넘치게.
- **천방지방** 천방지축. 너무 급하여 허둥지둥 함부로 날뛰는 모양.
- **독살** 악에 받치어 생긴 모질고 사나운 기운.

풀리면서 독살이 올랐던 눈에서 뜨거운 눈물이 떨어졌다. 이렇게 슬픈 중에도 그의 마음은 기쁘고 시원하였다. 하늘과 땅을 주어도 그 기쁨을 바꿀 것 같지 않았다.

그 기쁨! 그 기쁨은 딸을 안은 기쁨만이 아니었다. 적다고 믿었던 자기의 힘이 철통같은 성벽을 무너뜨리고 자기의 요구를 채울 때, 사람은 무한한 기쁨과 충동을 받는다.

불길은, 그 붉은 불길은 의연히 모든 것을 태워버릴 것처럼 하늘하늘 올랐다.

《홍염》(삼천리사, 1931)에 실린 작품을 바탕으로 함.

작품 이해하기

〈홍염〉은 1927년 1월 《조선문단》에 실린 단편소설이다. 간도로 이주한 문 서방네 가족이 지주의 착취로 인해 파탄에 이르는 과정과 그에 대한 문 서 방의 격렬한 저항을 그리고 있다. 1인칭 주인공 시점인 〈탈출기〉와 달리, 이 소설은 3인칭 전지적 작가 시점으로 서술된다. 작품과 거리를 둔 3인칭 서 술자를 통해 문 서방네의 비극적 이야기를 냉정하고 차분하게 묘사함으로 써 사실성과 객관성을 확보하고 있으며, 전지적 시점을 통해 문 서방의 심리 를 드러냄으로써 문 서방의 급격한 성격 변화를 설득력 있게 그려내고 있다. 또한 이야기 속 시간은 3년 전 간도로 이주한 시점부터 인가네에 불을 지르 기까지인데, 긴 시간에 걸친 이야기를 압축적 서술과 플래시백(flashback) 기 법* 등을 활용하여 급격하게 전개하고 있다. 특히 아내가 죽고 이튿날 인가 네에 불을 지르는 장면, 인가를 도끼로 찍는 장면 등이 굉장히 빠르게 전개 된다. 이로 인해 오늘날의 드라마를 보는 것과 같은 세련된 느낌과 강렬한

* **플래쉬백(flashback) 기법** 영화나 텔레비전 따위에서 장면의 순간적인 변화를 연속으로
보여주는 기법. 긴장의 고조나 감정의 격렬함을 나타내는 데 효과적이며, 과거 회상 장면
을 나타내는 데도 쓰인다.

여운을 느낄 수 있다.

한편, 문 서방이 방화와 살인을 저지르는 결말은 작품이 지닌 한계로 많이 언급되어 왔다. '방화와 살인'이라는 방법은 개인적 수준의 극단적 분노 표출일 뿐이며, 착취 계급과 피착취 계급 사이의 갈등을 해소할 근본적인 방법과 전망을 보여주지 못한다는 것이다. 하지만 일제가 조선을 착취하고 중국인 지주가 소작농에게 횡포를 부리는 것 또한 '폭력'이므로, 그에 당당하게 저항하는 의미로서의 '폭력'은 피착취자 스스로의 존엄을 지키는 일이며, 더 이상 굴종적으로 살지 않겠다는 진정한 의미로서의 삶에 대한 '전망'이라고 볼 수 있을 것이다. 최서해의 작품 가운데 〈홍염〉은 주제 의식과 문학적 기교가 잘 어우러진 가장 훌륭한 작품으로 인정받고 있다.

작품 깊이읽기

배경의 기능

이 소설의 배경은 서간도의 한 가난한 마을 '빼허(바이허, 白河)'이다. 이곳은 큰 산을 등지고 앞에는 작은 강이 흘러 마치 게딱지처럼 끼어 있는 형상을 한 작은 마을로, 겨울이 되면 심한 눈보라가 치는 곳이다. 하늬바람과 강바람이 한꺼번에 불어서 빙판 위의 눈과 산봉우리의 눈이 서로 부딪히면 터질 듯한 굉음이 바이허의 좁은 골짜기를 가득 채우는데, 이러한 극한의 환경은 귀틀집을 지어 겨우 생활하는 서간도 이주민들에겐 공포의 대상이 된다.

문 서방이 빼앗긴 딸을 한 번만 보게 해달라고 인가의 집으로 찾아가는 도중에도 험한 눈보라가 치는데, 숨도 제대로 못 쉬게 하고 사지를 뻣뻣하게 만드는 눈보라는 딸을 빼앗기고 아내마저 죽어가는 문 서방의 고통을 가중시킨다. 또한 문 서방이 인가를 도끼로 내리찍는 날에도 세찬 바람이 부는데, 인가가 사는 달리소는 한번 강바람이 들어차면 바람이 빠져나가지 못해 회오리바람이 일어나는 곳이다. 따라서 문 서방이 보릿짚 더미에 놓은 불이 바람을 타고 삽시간에 인가의 집을 불태워 버릴 수 있었던 것이다.

이렇게 바이허의 한겨울 눈보라는 궁핍한 이주 조선인들의 고통을 더욱 심화시키고, 문 서방의 방화를 돕는 역할을 하기도 하며, 작품 전반에 걸쳐 싸늘하고 음울한 분위기를 형성하고 있다.

입체적 인물과 평면적 인물

문 서방은 기본적으로 선량하고 정직한 인물이다. 자신의 딸 용례를 탐내는 인가의 속셈을 알지만 딸을 팔아넘길 생각을 절대 하지 않고,* 인가의 빚 독촉에 한 해 지은 농사를 남김없이 다 주겠다고 이야기한다. 한편, 인가가 빚 독촉을 할 때, 딸 얼굴을 보게 해달라고 애원할 때의 문 서방은 굴종적인 태도를 보이지만, 아내가 죽은 후에는 방화와 살인이라는 극단적인 행위까지 저지르는 대담한 모습을 보인다. 이렇게 이야기가 진행됨에 따라 성격이 변화하여 새로운 태도와 행동을 보여주는 인물을 '입체적 인물'이라고 한다. 물론 문 서방이 보이는 행동 변화의 원인은 딸을 빼앗기고 아내마저 죽게 됨으로써 받은 정신적 충격에 있다.

한편, 문 서방과 갈등하는 인물은 중국인 지주 '인가'이다. 용례를 탐냈기 때문에 유독 문 서방에게만 빚 독촉을 심하게 했던 인가는 외양 묘사에서부터 그 탐욕스럽고 흉악한 성격이 드러난다. '개기름이 번지레하여 핏발이 올올한 눈을 흉악하게 굴리는'과 같이 묘사되고 있다. 또한 인가는 용례의 엄마가 죽기 전에 딸의 얼굴을 한 번만 보게 해달라는 문 서방의 간절한 부

* 당시에는 그러한 일이 종종 발생했기 때문에, 문 서방의 행동은 당연한 것이 아니라 선량한 것으로 봐야 한다.

탁조차 들어주지 않는 냉혈한이다. 인가와 같이 이야기의 처음부터 끝까지 똑같은 성격을 유지하고 있는 인물은 '평면적 인물'이라고 한다.

한편, 작품 속 문 서방과 인가는 서로 갈등하는 대립적 관계를 보이고 있다. 문 서방은 소작농이고 인가는 지주라는 점에서 처음부터 불공평한 관계였으며, 그러한 계급적 차이로 인해 용례를 빼앗기게 된 상황은 문 서방의 분노를 극대화하여 파국적인 결말을 이끌어내게 된다.

제목 '홍염'의 의미

'홍염(紅焰)'은 '붉은 불꽃'이란 뜻인데, 태양 주위에서 소용돌이쳐 일어나는 커다란 불기둥을 의미하기도 한다. 문 서방은 자기 가족을 망가뜨린 인가의 집에 불을 지르고 그 집이 불타는 것을 뒷숲에 앉아서 내려다본다. 이때 불꽃을 '온갖 요귀들을 몰아내는 것', 모든 것을 태워버릴 듯 '의연한' 모습 등으로 묘사하는데, 여기에는 문 서방의 바람이 투영되어 있다. 인가로 대표되는 악덕 지주뿐만 아니라, 지주가 소작농을 착취하게 만드는 사회의 구조적인 모순 자체를 불태워 버리고 싶은 바람이 담긴 것이다. 따라서 이때의 '홍염'은 작은 불꽃이 아닌, 소용돌이쳐 일어나는 거대한 불길이며, 사회 질서에 대한 농민의 '분노와 저항', 또 사회를 깨끗하게 만드는 '정화'의 의미를 갖게 된다. 따라서 문 서방의 마음은 상쾌해질 수밖에 없으며, 딸을 찾은 기쁨뿐만 아니라 자신의 작은 힘으로 세상의 부조리와 맞서 싸운 데서 오는 커다란 만족감을 느끼게 되는 것이다.

참고로 시대와 민족을 초월하여 유사한 의미를 환기시키는 보편적인 이미지를 '원형적 상징'이라고 하는데, '불'은 '죽음, 파괴, 소멸, 정열, 창조' 등을 의미한다.

생각해 볼 만한 질문

- 인가가 빚 독촉을 할 때 용례를 빼앗기지 않으려면 어떻게 했어야 할까?
- 끌려가는 용례를 보면서 눈물만 흘리고 있던 마을 사람들의 심리는 무엇일까?
- 인가에게 딸을 빼앗긴 후에 문 서방이 가장 속상해한 것은 무엇일까?
- 인가에게 빚 독촉을 당하기 전에 가족들이 달아날 수 있는 방법은 없었을까?
- 인가를 죽이고 용례를 품에 안은 후에 이 둘은 어떻게 되었을까?
- 당시 중국인 지주에게 횡포를 당한 조선인들이 많았는데, 그 사례들에는 어떤 것이 있을까?

랄　　　출　　　기

홍　　　　　　염

해　　　돈　　　이

무서운　　　인상

해돋이

1

끝없는 바다 낯*에 지척*을 모르게 흐르던 안개는 다섯 점*이 넘어서 걷히기 시작하였다.

뿌연 찬김이 꽉 찬 방 안같이 몽롱하던 하늘부터 멀겋게* 개더니, 육지의 푸른 산봉우리가 안개 바다 위에 뜬 듯이 우뚝우뚝 나타났다. 이윽하여* 하늘에 누릿한 빛이 비치는 듯 마는 듯할 때에는 바다 낯에 남았던 안개도 어디라 없이 스러져버렸다*.

한강환은 여섯 시가 넘어서 알섬을 왼편으로 끼고 유진(楡津) 끝을 지났다. 여느 때 같으면 벌써 항구에 들어왔을 것이나, 오늘 아침은 밤사이 안개에 배질하기가 곤란하였었으므로 정한 시간보

- **낯** 여기서는 '표면'을 뜻한다.
- **지척** 아주 가까운 거리.
- **점** 예전에, 시각을 세던 단위. 괘종시계의 종 치는 횟수로 세었다.
- **멀겋다** 깨끗하게 맑지 아니하고 약간 흐린 듯하다.
- **이윽하다** 이슥하다. 시간이 얼마간 지나다.
- **스러지다** 형체나 현상 따위가 차차 희미해지면서 없어지다.

다 세 시간가량이나 늦었다.

안개가 훨씬 거두어진 만경창파*는 한없는 새벽하늘 아래서 검푸른 빛으로 굼실굼실* 뛰논다. 누른 돛, 흰 돛 들은 벌써 여기저기 떴다. 그 커다란 돛에 바람을 잔뜩 싣고 늠실늠실하는* 물결을 쫓아 둥실둥실 동쪽으로 나아가는 모양은, 바야흐로 솟아오르는 적오(赤烏)*나 맞으러 가는 듯이 장쾌하였다.

여러 날 여로에 지친 손님들은 이 새벽 바다를 무심히 보지 않았다.

먼 동편 하늘과 바다가 어우른 곳에 한일자로 거뭇한 구름 장막이 아른아른한 자줏빛으로 물들었다. 그것도 한순간, 다시 변하는 줄 모르게 연분홍빛으로 물들었다. 그 분홍 구름이 다시 사르르 걷히고 서너 조각 남은 거무레한 장밋빛으로 타들더니, 양양한* 벽파* 위에 태양이 솟는다. 태연자약*하여 늠실늠실 오르는 그 모양은, 어지러운 세상의 괴로운 인간에게 깊은 암시를 주는 듯하였다.

아직 엷은 안개가 흐르는 마천령 푸른 봉우리에 불그레한 첫 빛

- **만경창파** '만 이랑의 푸른 물결'이라는 뜻으로, 한없이 넓고 넓은 바다를 이르는 말.
- **굼실굼실** 구불구불 물결을 이루며 잇따라 넘실거리는 모양.
- **늠실늠실하다** 물결 따위가 부드럽게 자꾸 움직이다.
- **적오** 주작. 남쪽 방위를 지키는, 붉은 새 형상의 수호신.
- **양양하다** 바다가 한없이 넓다.
- **벽파** 푸른 파도. 또는 푸른 물결.
- **태연자약** 마음에 어떠한 충동을 받아도 움직임이 없이 천연스러움.

이 타오를 때, 검푸른 바다 전면에는 금빛이 반득반득하여[*] 눈이 부실 지경이다.

침묵과 혼탁[*]이 오래 흐르던 세계는 장엄한 활동이 시작되는 세계로 한 걸음 한 걸음 가까워졌다.

배는 해평 앞바다를 지나갔다. 추진기 소리는 한풀[*] 죽었다. 쿵덩쿵덩[*] 하고 온 배를 울리던 소리가 퍽 가늘어져서, 밤사이 풍랑에 지친 피곤을 상징하는 듯하였다.

한풀 싱싱하여서는 남들이 수질[*] 하는 것을 코웃음 치던 김 소사[*]도 이번에는 욕을 단단히 보았다. 어제 석양, 청진서 떠날 때부터 사납던 풍랑은 밤이 깊어갈수록 더 심하였다. 오전 세 시쯤 하여 명천 무수단을 지날 때는 뱃머리를 쿵쿵 치는 노한 물소리가 세차게 오르내리는 추진기 소리 속에 더욱 처량하였다. 닥쳐오는 물결에 배가 '우쩍 뚝' 하고 소리를 내면서 번쩍 들릴 때면 몸을 무엇으로 번쩍 치받아 주는 듯하였다가도, 배가 앞으로 숙어지면서 쑥 가라앉을 때면 몸을 치받아 주던 그 무엇을 쑥 잡아 뽑고 깊고 깊은 함정에 휘휘 둘러 넣는 듯이 정신이 아찔하고 오장이 울컥

- **반득반득하다** 물체 따위에 반사된 작은 빛이 자꾸 잠깐씩 나타나다.
- **혼탁** 깨끗하지 못하고 흐림
- **한풀** 기세나 기운이 어느 정도로.
- **쿵덩쿵덩** 동력 기관이 크게 자꾸 울리는 소리.
- **수질** 배를 탔을 때 어지럽고 메스꺼워 구역질이 나는 일. 또는 그런 증세.
- **소사** 양민의 아내나 과부를 이르는 말.

뒤집혔다. 메슥메슥한 뺑끼* 냄새와 퀴지근한* 인염(人炎)*에 후끈한 선실에는 신음하는 소리와 도르는* 소리와 어린애 울음소리가 서로 어우러져서 수라장*을 이루었다. 사람 사람의 낯은 희미한 전등빛에 창백하였다. 뽀이*들은 손님들 출입을 주의시킨다. 괴로움과 두려움의 빛이 무르녹은* 이 속에서도 술이 얼근하여* 장타령* 하는 사람도 있다.

김 소사는 그렇게 도르지는 않았으나 꼼짝할 수 없이 괴로웠다. 그렇게 괴로운 중에도 손녀의 보호에 조금도 태만치 않았다. 손녀 몽주가 괴로워서 '킥 킥' 울 때마다 늙은 김 소사의 가슴은 칼로 빡빡 찢는 듯하였다. 그것은 수질에 괴로워하는 것이 가엾다는 것보다,

"엄마, 저즈…… 엄마, 저즈……."

하고 어디 가 있는지도 모르는 어미를 찾는 때면 얼마나 안타까운지 알 수 없었다.

- **뺑끼** 페인트.
- **퀴지근하다** 냄새가 좀 비릿하면서 퀴퀴하다.
- **인염** 사람 몸에서 나는 열기와 땀.
- **도르다** 먹은 것을 게우다.
- **수라장** 아수라장. 싸움이나 그 밖의 다른 일로 큰 혼란에 빠진 곳. 또는 그런 상태.
- **뽀이** 식당이나 술집 등에서 손님을 접대하는 남자.
- **무르녹다** 일이나 상태가 한창 이루어지려는 단계에 달하다.
- **얼근하다** 술에 취하여 정신이 조금 어렴풋하다.
- **장타령** 동냥하는 사람이 장이나 길거리로 돌아다니면서 구걸을 할 때 부르는 노래.

"쉬— 울지 말아라! 몽주야, 울지 마라. 울면 에비˚ 온다. 엄마
는 죽었다. 자— 내 저즈 먹어라."

하고 시들시들한 자기 젖을 몽주의 입에 물려주었다. 몽주는 그
것을 우물우물 빨다가도 젖이 나지 않으면 또 운다. 젖 못 먹는 그
울음소리는 애틋하였다. 이렇게 애를 쓰다가, 먼동이 트기 시작하
여서 물결이 자는지 배가 덜 뛰놀게 되니 몽주는 잠이 들었다. 그
바람에 김 소사도 잠이 들었다.

죽어서 진토˚가 되어도 잊지 못할 원한을 품은 김 소사에게는
잠도 위안을 못 주었다. 잠만 들면 뒤숭숭한 꿈자리가 그를 볶았
다˚. 무슨 꿈인지 깨면 기억도 잘 안 나는 꿈이건만, 머리는 귀신
의 방망이에 맞은 것처럼 늘 휑하였다. 깨면 끝없는 걱정, 잠들면
흉한 꿈. 이러한 것이 늙은 그를 더욱 쪼그라지게 하였다. 그는
늙은 자기를 생각할 때마다 의지없는 손녀를 생각지 않을 수 없
었다.

'뚜—'

맹렬하게 울리는 기적 소리에 김 소사는 산란한˚ 꿈을 깨었다.
그는 푹 꺼진 흐릿한 눈을 뜨는 대로 품에 안은 손녀를 보았다. 낮

- **에비** 아이들에게 무서운 가상적인 존재나 물건.
- **진토** 먼지와 흙.
- **볶다** 성가시게 굴어 사람을 괴롭히다.
- **산란하다** 어수선하고 뒤숭숭하다.

이 감실감실하게* 탄 몽주는 쌕쌕 자고 있었다. 그 불그레한 입술을 스쳐 나드는 부드러운 숨결을 들을 때에, 김 소사의 가슴에는 귀엽고 아쉬운 감정이 물밀듯이 일렁일렁하였다. 그는 부지불식간에 손녀를 꼭 안으면서 따뜻한 뺨에 입맞추었다. 그는 거의 열광적이었다. 그의 눈에는 웃음이 그득하였다. 웃음이 흐르던 눈에는 다시 소리 없는 눈물이 괴었다. 그는 코를 훌쩍 들이마시면서 머리를 들어 선실을 돌아보았다. 똥그란 선창으로 아침 빛이 흘러들었다. 붉고 따뜻한 그 빛은 퍽 반가웠다. 어떤 사람은 꼼짝 않고 누워 있고, 어떤 사람은 짐을 꾸리고, 어떤 사람은 갑판으로 나가느라고 분주잡답하였다.* 김 소사는 손녀에게 베였던 팔을 슬그머니 빼고, 대신 보꾸러미*를 베여주면서 일어섰다. 일어앉은 그는 휑한 머리를 이윽히* 잡았다.

"어—ㅁ마, 어—ㅁ마…… 히 히 애……."

몽주는 몽툭한 주먹으로 눈, 코, 입 할 것 없이 비비고 몸을 틀면서 울었다.

"응, 어째 우니? 야, 몽주야! 할머니 여기 있다. 우지 마라. 일어나서 사탕 먹어라. 위—차."

- **감실감실하다** 군데군데 약간 가무스름하다.
- **분주잡답하다** 분주하고 북적거리다.
- **보꾸러미** 보자기로 물건을 싼 꾸러미.
- **이윽히** 남모르게 슬며시.

김 소사는 웃으면서 손녀를 가볍게 번쩍 일으켜 앉혔다.

"으응— 애— 애—"

몽주는 몸을 틀고 발버둥을 치면서 손가락을 입에 물고 비죽비죽* 울었다.

따뜻한 품을 그려서 우는 그 꼴을 볼 때, 김 소사의 늙은 눈은 또 젖었다.

"야! 어째 이러니? 쉬— 울지 마라. 울면 저 일본 영감상이 잡아간다."

김 소사는 몽주를 안으면서 저편에 앉아서 이편을 보는 일본 사람들을 가리켰다. 몽주는 눈물이 글썽글썽한 눈으로 그 일본 사람을 돌아다보더니 울음을 뚝 그치고 흑흑 느꼈다. 일본 사람은 빙그레 웃으면서 과자를 집어서 주었다.

"영감상, 고—맙소."

김 소사는 과자를 받아서는 몽주를 주었다. 몽주는 받으면서 거의거의 울려는 소리로,

"한마니*! 쉬 하겠다."

하면서 일어서려고 하였다.

"응, 오줌을 누겠니? 어— 내 새끼, 기특두 한지고."

• **비죽비죽** 언짢거나 비웃거나 울려고 할 때 소리 없이 입을 내밀고 실룩거리는 모양.
• **한마니** 할머니.

김 소사는 몽주를 안아서 저편에 집어내 놓았다.

……

김 소사는 몽주를 뒤집어* 업고 커다란 보퉁이*를 끌면서 번쩍 일어섰다. 일어서는 바람에 위층 천반*에 정수리를 딱 부딪혔다. 두 눈에서 불이 번쩍하면서 정신이 아찔하여 그 자리에 거꾸러졌다. 철창을 머릿속에 꽉 결은* 듯이 전후가 캄캄하여, 거꾸러진 그 찰나, 그에게는 아무런 감각도 없었다. 등에서 괴롭게 버둥거리면서,

"엄마…… 애……."

부르짖는 손녀의 울음소리도 못 들었다.

2

얼마 동안이나 되었는지 귓가에 어렴풋이 들리는 울음소리와 누가 몸을 흔드는 바람에 김 소사는 정신을 차렸다. 누군지 몸을 잡아 일으켜 주었다.

- **뒤집어** '등 뒤로 가게 하여' 정도의 의미로 쓰인 듯함.
- **보퉁이** 물건을 보자기에 싸서 꾸려놓은 것.
- **천반** 천장.
- **결다** 엮어서 짜다.

김 소사는 독한 술에 질렸다* 깬 듯이 어질어질하면서 보퉁이를 끌고 승강구* 층층다리* 곁으로 왔다. 홑몸으로도 어질어질한 터인데, 손녀를 업고 보퉁이를 끌고 층층다리로 올라가기는 어려웠다. 여러 사람들이 쿵쿵 뛰어 올라가는 것을 볼 때마다, 혹 보퉁이를 들어 올려줄까 하여 그네들을 애원하듯이 쳐다보았다. 그러나 모두 알은척하지 않았다. 김 소사는 소리 없는 한숨을 쉬었다. 그 여러 사람에게,

"이것 좀 들어다 주시오!"

하기는 자기의 지위가 너무도 미천하였다.

이전에는 어디를 가면 그의 아들 만수가 따라다니면서 배에서든지 차에서든지 "어머니, 어머니" 하면서 봉양*이 지극하였다. 그가 수질을 몹시 하지 않아도, 뒷간으로 간다든지 갑판으로 바람 쐬러 나가면 만수가 업고 다녔다. 바람이 자고 물결이나 고요한 때면, 만수는 어머니가 적적해하신다고 이야기도 하고 소설도 읽어드렸다. 그러던 아들 만수는 지금 곁에 없다. 김 소사는 이전 같으면 만수에게 의지하고도 휘우뚱거릴 층층다리를, 그때보다 더

- **질리다** 정확한 뜻을 알 수 없음. '절다(사람이 술이나 독한 기운에 의하여 영향을 받게 되다)' 정도의 뜻인 듯함.
- **승강구** 층계를 오르내리게 되어 있는 출입구.
- **층층다리** 돌이나 나무 따위로 여러 층이 지게 단을 만들어서 높은 곳을 오르내릴 수 있게 만든 설비.
- **봉양** 웃어른을 받들어 모심.

늙은 오늘날 아무 의지 없이 애까지 업고 보퉁이를 끼고 올라가려는 고독하고도 처량한 자기 신세를 생각하고, 멀리 철창에서 고생하는 아들을 생각할 때, 온 세상의 슬픈 운명은 혼자 맡은 듯하여 알지 못할 악이 목구멍까지 바싹 치밀었다.

"에! 내 신세가 이리될 줄을 어찌 알았을구? 망할 놈의 세상두!"

그는 멀거니 서서 입 밖에 흐르도록 중얼거렸다.

김 소사는 간신히 끌고 나온 보퉁이를 갑판 한 귀퉁이에 놓았다.

"한마니, 집에 가자! 응?"

등에 업힌 몽주는 또 집으로 가자고 조른다. 간도서 떠난 지 벌써 닷새째 난다. 몽주는 차에서와 배에서와 여관에서 늘,

"엄마와 아부지 있는 집으로 가자!"

하고 할머니를 졸랐다. 어린 혼에도 옛집이 그리운지…….

"오오 집으로 간다. 가만있거라 울지 말고."

김 소사는 뱃전을 잡고 섰다. 갑판에는 승객이 주굴주굴하여˙ 연극장 앞 같았다. 몹쓸 풍랑에 지친 그네들은 맑은 아침 기운에 새 즐거움을 찾은 듯하였다. 서로 손을 들어 바다와 육지를 가리키면서 속삭이고 웃는다.

해는 아침때가 되었다. 배는 항구에 닿았다. 닻을 주었다˙.

˙ **주굴주굴하다** 드글드글하다. 동물이나 사람 따위가 떼로 모여 자꾸 들끓다.

˙ **주다** 실이나 줄 따위를 풀리는 쪽으로 더 풀어내다.

"성진도 꽤 좋아! 이게 성진이지?"

"암…… 그래도 영북°에 들어서 개항장으로 맨 먼저 된 곳인데……"

젊은 사람들이 아침 연기가 떠오르는 성진 시가를 들여다보면서 빙글빙글 웃었다.

'성진!' 그 소리를 들을 때 김 소사의 가슴은 새삼스럽게 뿌지지하였다°. 가슴에 만감이 소용돌이를 치는 그는, 장승처럼 멍하니 서서 휘돌아보았다. 6년이라면 짧고도 긴 세월이다. 그사이 밤이나 낮이나 일각°이 삼추°같이 그리던 고향을 지금 본다. 그는 참으로 고향이 그리웠다. 가을 봄이 바뀔 때마다 이마에 주름이 늘어갈수록 고향이 그리웠다. 더욱이, 천금같이 기르고 태산같이 믿던 아들이 감옥으로 들어가고 하나 있던 며느리조차 서방을 얻어 간 후로, 개밥에 도토리처럼 남아서 철없는 몽주를 안고 이집 저집으로 돌아다니면서 밥술°이나 얻어먹게 되면서부터는 고향이 더욱 그리웠다. 그는 그처럼 천애만리°에서 생각을 달리던 고향으로 지금 왔다. 눈에 비치는 것이 어느 것이나 예 보던 것이 아니랴? 쌍

· **영북** 마천령 이북 지방을 이르는 말.
· **뿌지지하다** 마음이 몹시 안타깝게 자꾸 타다.
· **일각** 아주 짧은 시간.
· **삼추** 긴 세월을 비유적으로 이르는 말.
· **밥술** 얼마 되지 않는 밥을 비유적으로 이르는 말. 또는 '생계'를 비유적으로 이르는 말.
· **천애만리** 아득히 먼 곳.

포령과 솟방울 사이에 기와집, 초가집, 양철집이 잇닿아서 5리는 됨 직하게 늘어진 성진 시가며, 그 새에 우뚝우뚝 솟은 아침볕이 어우러진 포플러 숲들이며, 멀리 보이는 어살동 골짜기, 파—란 마천령······ 예나 조금도 틀림이 없다. 이따금 이따금 흰 연기를 토하면서 성진굽(성악) 밑으로 달아나는 기차만 이전에 못 보던 것이었다. 공동묘지 앞 바닷가 백사장이며, 쌍포의 쌍암이며, 남벌의 송림이며, 의구한* 강산은 의구의 정취를 머금었건마는, 변하는 인생에 참예한* 김 소사는 예전의 김 소사가 아니었다. 고향 떠날 때는 그래도 검던 머리가 지금은 파뿌리가 되었다. 그것은 그렇다 하더라도, 고향서는 남부럽잖게 살던 세간을 탕진하고 떠나서 거러지*가 되어서 돌아오게 되었다. 그도 그렇다 하더라도, 그의 가슴을 몹시 찌르는 것은 아들을 못 데리고 오는 것이었다.

'아! 내가 무엇 하려고 고향으로 왔누? 이 꼴로 오면 누가 반갑게 맞아주리라고 왔누?'

배가 부두에 점점 가까워질수록 그의 가슴은 더욱 묵직하였다. 전후가 망망하였다*. 될 수만 있으면 뱃머리를 돌려서 다시 오던 길로······ 아니 어디라 할 것 없이 가고 싶었다. 그렇게 그립던 고

- **의구하다** 옛날 그대로 변함이 없다.
- **참예하다** 어떤 일에 끼어들어 관계하다.
- **거러지** '거지'의 방언.
- **망망하다** 어렴풋하고 아득하다.

향을 목진°에 대하니, 내리고 싶지 않았다. 그렇다고 영영 내리고 싶지 않은 것은 아니었다. 고향은 그저 사랑스러웠다. 산천을 보는 것도 얼마간 위로가 된다. 그러나 첫째, 사랑하던 자식이 저벅저벅 밟던 땅을 혼자 밟기는 너무도 아쉬웠다. 더구나 몸차림까지 이 모양을 하여가지고 면목°이 많은 고향 거리를 지나기는 너무도 용기가 부족되었다. 만일 그가 자식을 데리고 금의환향°이라면 어서 바삐 내리려고 애썼을 것이다.

'그래도 영 소득이 없는 것은 아니다. 갈 때에 없던 몽주가 있으니. 또 내 아들이 도적질이나 강간을 하다가 그렇게 안 된 담에야……'

그는 이렇게 억지의 위로에 만족하려고 하면서, 머리를 돌려서 등에서 쌕쌕 자는 몽주를 보았다. 다부룩한° 몽주의 머리에 뜨거운 볕이 내리쬔다. 그는 몽주를 돌려다가 앞으로 안았다. 어린것은 눈을 비주그레° 떴다가 감았다.

그 가무레하고 여윈 몽주의 낯을 볼 때, 김 소사의 가슴은 또 쓰렸다.

- **목전** 눈앞.
- **면목** 얼굴 생김새. 여기서는 '아는 얼굴, 아는 사람'을 뜻함.
- **금의환향** 비단옷을 입고 고향에 돌아온다는 뜻으로, 출세를 하여 고향에 돌아가거나 돌아옴을 비유적으로 이르는 말.
- **다부룩하다** 다보록하다. 수염이나 머리털 따위가 짧고 촘촘하게 많이 나서 소담하다.
- **비주그레** 비죽이. 슬며시.

'뚜—'

기적은 울렸다. 바로 정면에 보이는 망양정은 '으르릉' 반향*을 주었다. 뒤미처* '우루룩 씩씩 울컥울컥' 닻 주는 소리가 요란스러웠다. 아침 볕이 몹시 밝게 비치는 부두에는 사람의 내왕*이 빈번하다.

조그마한 경용 발동기선이 폴딱폴딱하고 먼저 들어왔다. 정복 순사 셋이 앞서고, 하오리* 입고 게다* 신은 일본 사람 하나와 두루막* 입은 사람 하나가 뒤따라 올랐다. 배에 올라온 그네들은 승강제* 어구에 서서 쌈판*으로 내려가는 손님들 행동거지와 외모를 조금도 놓지 않고 주의하여 본다. 순사를 본 김 소사의 가슴은 또 울렁거렸다. 그는 순사를 보는 때마다 작년 겨울 일을 회상하는 까닭이었다.

출찰구*에 차표 사러 들어가듯이 열을 지어서 한 사람씩 층층다리를 내려가는 사이에, 흰 양복을 입고 트렁크를 든 청년 하나가

- **반향** 소리가 어떤 장애물에 부딪혀서 반사하여 다시 들리는 현상.
- **뒤미처** 그 뒤에 곧 잇따라.
- **내왕** 오고 감.
- **하오리** 일본 전통 복장인 기모노 위에 입는 짧은 길이의 서양식 겉옷. 예를 갖추거나 방한 목적으로 입었다.
- **게다** 일본 사람들이 신는 나막신. 엄지발가락과 둘째 발가락 사이에 끈을 끼워서 신는다.
- **두루막** 두루마기.
- **승강제** 사람들이 오르고 내릴 수 있도록 설치한 사다리.
- **쌈판** 샘팬(sampan). 항구 안에서 사람이나 짐을 실어 나르는 중국식의 작은 돛단배.
- **출찰구** 차표나 배표 따위를 손님에게 파는 창구.

끼었다.

"어디 있어?"

순사와 같이 섰던 두루막 입은 사람은, 지금 내리려는 그 청년에게 물었다.

"간도……."

그 청년은 우뚝 섰다. 안경을 스쳐 보이는 그 청년의 눈은 어글어글하고도* 엄숙하였다.

"성명은?"

윗수염을 배배 틀어 휘인 두루막 입은 자는 그 청년을 노려보았다.

"김군현이……."

엄숙한 청년의 눈에는 노한 빛이 보였다. 길게 기른 머리가 귀밑까지 덮은 그 청년을 보니, 김 소사는 아들 생각이 났다. 김 소사의 아들 만수도 그 청년처럼 머리를 터부룩히* 길렀었다. 김 소사의 가슴은 공연히 두근두근하였다. 순사와 형사가 황천 사자*같이 무서우면서도 한편으로는 밉살스러웠다.

또 그 청년이 가엾기도 하였다. 그러나 뻣뻣한 양을 하는 것이 민망스럽기도 하였다. '왜 저러누? 그저 '네 네' 할 일이지! 괜히

- **어글어글하다** 생김새나 성품이 매우 상냥하고 너그럽다.
- **터부룩하다** 수염이나 머리털 따위가 좀 길고 촘촘하게 많이 나서 어지럽다.
- **황천 사자** 저승사자. '황천'은 사람이 죽은 뒤에 그 혼이 가서 산다고 하는 세상.

뻣뻣한 양을 하다가 붙잡혀서 고생할 게 있나……. 지금 애들은 건방지더라…….' 이렇게 생각하면 그 청년이 밉기도 하였다. 그러다가도 아들 생각을 하면 그 청년을 어서 보내주었으면 하는 생각에 애가 탔다. 김 소사는 속으로 '왜 저리도 심한구?' 하고 순사를 원망하며, '저 사람도 부모가 있으면 여북* 기다리랴.' 하고 청년의 신세도 생각하였다.

"당신은 천천히 내려요."

형사는 '저리 가 서라' 하는 듯이 저편을 가리키면서 그 청년을 보았다. 그 소리는 그리 높지 않으나, 배 속으로 울려 나오듯이 힘 있었다.

청년은 아무 대답도 없이 군중을 돌아보고 조소* 비슷하게 빙그레하면서 가리키는 데로 가 섰다.

김 소사는 두근두근하는 가슴을 진정하면서 보퉁이를 끌고 승강제 어구에 이르렀다. 그는 무슨 큰 죄나 지은 듯이 애써 순사의 시선을 피하려고 하였다.

"아, 만수 어머니 아니오?"

하는 소리에 김 소사는 가슴이 덜컥하고 전신에 소름이 쭉 끼치었다. 김 소사는 무의식중에 쳐다보았다. 그것은 돌쇠였다. 돌쇠는

• **여북** '얼마나', '오죽', '어찌 조금만큼만'의 뜻으로, 정도가 매우 심하거나 상황이 좋지 않을 때 쓰는 말.
• **조소** 비웃음.

시금 어떤 청년을 힐난하는° 사람이었다. 그는 몇 해 전 만수에게서 일본말을 배우던 사람이었다.

"오! 이게 뉘긴가? 흐흐."

김 소사는 비로소 안심한 듯이 웃었다. 그 웃음은 안심한 웃음이라는 것보다 넋이 없는 웃음이었다. 침침한 어두운 밤에 마굴°을 슬그머니 지나던 사람이 무슨 소리에 등에 찬땀°이 끼치도록 놀라고 나서 그것이 자기의 발자취나 바람 소리에 나뭇가지 꺾이는 소리였던 것을 비로소 깨달을 때, 두근거리는 가슴을 만지면서 "흐흐 흐흐" 하는 그러한 웃음이었다. 저편에 섰던 일본 사람은 만수 어머니를 보더니 그 돌쇠더러 무어라고 하였다. 돌쇠는 무어라고 대답하였다. 일본 사람들은 모두 "아— 소—까" 하면서 김 소사를 한 번씩 보았다. 김 소사는 더 말하지 않고 내렸다.

선객을 잔뜩 실은 쌈판은 아침 물결이 고요한 부두에 닿았다.

3

김 소사가 아들 만수를 따라서 고향을 떠난 것은 경신년 늦은 봄

- **힐난하다** 트집을 잡아 기분 나쁘게 따지고 들다.
- **마굴** 못된 무리나 매춘부, 아편 중독자 따위가 모여 있는 곳을 비유적으로 이르는 말.
- **찬땀** 식은땀.

이었다.

삼일운동이 일어나던 해였다. 만수도 그 운동에 한 사람으로 활동한 까닭에 함흥 감옥에서 일 개년 동안이나 지냈다. 감옥 생활은 그에게 큰 고초를 주었다. 일 개년이 지나서 경신년° 봄에 출옥이 되어 집으로 돌아온 만수는, 눈이 푹 꺼지고 뼈만 남은 얼굴에 수심이 그득한 것이 무서운 아귀 같았다. 그를 본 고향 사람들은 누구나 할 것 없이 놀라지 않을 수 없었다. 그의 어머니와 누이는 말은 못 하고 눈물만 쫙쫙 흘렸다.

만수가 돌아와서 며칠은 출옥 인사 오는 사람이 문 밖에 끊이지 않았다. 젊은 패°들은 밤이 이슥하도록 만수의 옥중 생활을 재미있게 들었다. 그러나 형사가 매일 문간에 드나들어서 자유로운 입을 못 벌렸다. 누가 무심하게 저촉될° 만한 말을 하게 되면 서로 옆구리를 찔러가면서 경계하였다.

처음에는 막연하게 '나라, 나라' 하였으나, 점점 개성이 눈뜨고 또 감옥 생활에서 문명한 법의 내막을 철저히 체험하고 불합리한 사회 역경에 든 사람들의 고통을 뼈가 저리도록 목격함으로부터는, 그의 온 피는 의분°에 끓었다. 그 의식이 깊어질수록 무형

• **경신년** 원문에는 '신유년(1921년)'으로 되어 있는데, 경신년(1920년)이 맞다.
• **패** 같이 어울려 다니는 사람의 무리.
• **저촉되다** 법률이나 규칙 따위에 위반되거나 어긋나다.
• **의분** 불의에 대하여 일으키는 분노.

한* 그물에 걸린 고통은 나날이 심하였다. 그 고통이 심할수록 그는 자유로운 천지를 동경하였다. 뜨거운 정열을 자유로 펼 수 있을 천지를 동경하는 마음은 감옥에서 나온 후로 더 깊었다. 그는 그때 강개한* 선비들과 의기로운 사람들이 동지를 규합하고* 단체를 조직하여 천하를 가르보고* 시기를 기다리는 무대라고 명성이 뜨르렁하던* 상해, 서백리아*와 북만주를 동경하였다. 남으로 양자강 연안과 북으로 서백리아 눈보라 속에서 많은 쾌한*들과 손을 엇걸어가지고* 천하의 풍운*을 지정하려 하였다.

"건져라. 뼈가 부서져도 이 백성을 건져라. 그것이 나의 양심의 요구요, 동시에 나의 의무다."

그는 이렇게 부르짖으면서 주먹을 쥘 때가 한두 번이 아니었다. 이때 빈곤의 물결은 그에게 점점 굳세게 닥쳐왔다. 이전같이 교사 노릇이나 할까 했으나, 전과자라는 패*가 붙어서 그것을 허락지

- **무형하다** 형상이나 형체가 없다.
- **강개하다** 의롭지 못한 것을 보고 의기가 북받쳐 원통하고 슬프다.
- **규합하다** 어떤 일을 꾸미려고 세력이나 사람을 모으다.
- **가르보다** 흘겨보다. 못마땅하게 여기거나 하여 눈동자를 옆으로 굴려 노려보다. 여기서는 '못마땅하게 여기다' 정도의 뜻으로 쓰임.
- **뜨르렁하다** 뜨르르하다. 어떤 사실이나 소문이 급속히 널리 퍼져 나가는 듯하다.
- **서백리아** '시베리아'의 음역어.
- **쾌한** 시원스럽고 쾌활한 사나이.
- **엇걸다** 서로 마주 걸다.
- **풍운** 사회적·정치적으로 세상이 크게 변하려는 기운을 비유적으로 이르는 말.
- **패** 주로 좋지 못한 일로 인하여 붙게 되는 별명.

않았다. 그의 어머니도 늙어서 잘 벌지 못하였다. "바쁘면 똥통이라두 메지." 그는 어느 때 한 소리지만, 고향 거리에서 똥 짐을 지고 나서기는 용기가 좀 부족하였다.

만수는 드디어 북간도로 가려고 하였다. 만수가 간도로 가겠다는 말을 들은 김 소사는 천지가 아득하였다. 김 소사는 일찍 과부가 되고 운경이와 만수의 오누이를 곱게 기르다가, 운경이 시집간 후 태산같이 믿던 만수가 만세를 부르고 감옥에 들어가서 일 년이나 있는 사이에 김 소사는 울지 않은 날이 없었다. 그러다가 일 년 만에 낯을 보게 되어 겨우 안심이 될락 말락 하여서, '홍우적*'이 우글우글한다는 되 땅으로 돌아올 기약도 없이 가겠다는 만수의 소리를 들은 김 소사의 마음이 어찌 순평하랴*. 김 소사는 천사만탁*으로 만류하였으나 만수는 듣지 않았다. 만수는 어머니의 정경*을 잘 이해하였다. 자기 하나를 위하여 남에게 된소리 안된 소리* 듣고 진일 마른일*을 가리지 않고 고생한 어머니를 버리고 천애* 타국으로 갈 일을 생각할 때면 그 가슴이 쓰렸다.

• **홍우적** 말을 타고 떼를 지어 다니는 도둑. 주로 청나라 말기에 만주 지방에서 활동했다.
• **순평하다** 성질이 온순하고 화평하다.
• **천사만탁** 여러 가지로 생각하고 헤아림. 또는 그 생각과 헤아림.
• **정경** 사람이 처해 있는 모습이나 형편.
• **된소리, 안된 소리** 된소리는 '심한 말', 안된 소리는 '불쌍히 여기는 말' 정도의 뜻.
• **진일, 마른일** 진일은 언짢고 꺼림칙하여 하기 싫은 일, 마른일은 바느질이나 길쌈 따위와 같이 손에 물을 묻히지 아니하고 하는 일.
• **천애** 까마득하게 멀리 떨어져 있는 곳을 비유적으로 이르는 말.

"부모의 은혜를 배반하는 자여! 벌을 받으라."

하는 듯한 소리가 귓가에 쟁쟁 울리는 듯하였다.

'성인의 말씀에, '충신은 효자의 문에서 구하라'고 하였다. 부모에게 불효가 되는 것이 어찌 나라에 충신이 되랴? 아니다! 아니다. 온 인류가 태평해야 부모도 있고 나도 있다. 부모도 있고 나도 있어야 효도도 이루어지는 것이다. 아! 만수여! 나여! 주저치 말아라. 떠나거라. 어머니께 효자가 되려거든 인류를 위하라……'

이때 그의 일기에는 이러한 구절이 많았다. 그는 이렇게 자기의 뜻을 실행하는 데 어머니께 대한 은혜도 갚을 수 있다고 생각하였다. 만수는 어머니의 큰 은혜를 생각하는 일면, 어머니 때문에 자기의 꽃다운 청춘을 그르친 것도 생각지 않을 수 없었다. 김 소사는 만수가 소학교를 마친 후 서울로 보내지 않고 글방에 보내어서 통감*을 읽혔다. 김 소사는 학교 공부보다 글방 공부가 나은 줄로 믿었다. 그것은 김 소사가 신시대를 반대하는 늙은이들의 말을 믿었음이다. 그뿐 아니라 만수를 외로이 서울로 보내기는 아까웠다. 어린것이 객지에서 배를 주리거나 추워서 떨 것을 걱정하는 것보다도, 태산같이 믿고 금옥같이 사랑하는 만수와 잠깐 사이라도 이별하기는 죽기보다 더할 것 같았다. 앞일을 모르는 김 소사는 천

• **통감** 중국 송나라의 사마광이 펴낸 역사서인 《자치통감》을 요약한 책. 조선 초기부터 학문을 처음으로 배우는 아이들의 교재로 널리 쓰였다.

년이고 만년이고 귀여운 아들을 곁에 두고 보며 잘 먹이고 잘 입히고 글방에 보내고 장가들이면 부모의 직책은 다할 줄만 믿었다. 그러므로 만수는 유학을 못 갔다. 어린 만수의 가슴에는 이것이 적원*이 되었다. 신문, 잡지를 통하여 나날이 보도되는 새 소식을 듣고, 소학에서 같이 공부하던 친구들이 서울 가서 공부하는 것을 보거나 들을 때에 동경의 정열에 울렁거리는 만수의 마음은, 남의 발아래로 점점 떨어지는 듯한 기운 없고 구슬픈 자기 그림자를 그려보고 부끄럽고 슬픔을 느꼈다. 밖에 대한 동경과 번뇌가 큰 그는, 안으로 연애에도 번민하였다. 개성이 눈뜨고 신사상에 침염* 될수록 어려서 장가든 처와 정분이 없어졌다. 공부 못 한 것이라든지, 사랑 없는 장가 든 것이 모두 어머니의 허물(그는 어떤 때면 이렇게 생각하였다)이거니 생각하면, 어머니가 밉고 어머니를 영영 버리고 싶었다. 그러나,

'아니다. 그것은 어머니의 그름이 아니다. 재래*의 인습*과 제도가 우리 어머니를 그렇게 가르쳤다. 그 인습에 너무 젖은 우리 어머니는 나를 사랑하여서 잘되라고 그렇게 하신 것이다.'

그는 이렇게 돌이켜 생각할 때면, 어머니께 대한 실쭉한* 마음

* **적원** 오랫동안 원망을 쌓음. 또는 그런 원망.
* **침염** 좋은 영향을 받아 마음이 점점 변화함.
* **재래** 예전부터 있어 전하여 내려옴.
* **인습** 이전부터 전하여 내려오는 습관.
* **실쭉하다** 마음에 차지 아니하여서 약간 섭섭하고 언짢아하다.

은 불현듯 스르르 풀리고 눈물이 옷깃을 적셨다. 이렇게 눈물에 가슴이 끓을 때면 어머니를 저항하고 싶지 않았다. 그래도 어머니의 명령 아래서 수굿이˙ 일생을 보내고 싶었다. 그러나 그것은 한순간의 생각이었다. 자기의 힘을 생각하고 세상을 바라보는 그로서는 어머니의 은혜에 자기의 전인격˙을 희생할 수는 없었다. '은혜는 은혜이다. 은혜로 말미암아 나의 전인격을 희생할 수는 없다.' 하는 생각이 서로 싸울 때면 그의 고민은 격심하였다. 그는 어쩌면 좋을지 몰랐다. 그러던 끝에 그는,

"나는 모든 불합리한 인습에 반항하려고 한다. 그러니까 하는 수 없이 어머니 사상에 반항한다. 그러나 어머니를 반항하는 것은 아니다."

그는 이렇게 부르짖었다.

만수는 열여덟 살 되는 해에 이혼을 하였다. 인습의 공기에 취한 주위에서는 조소와 모욕과 비방으로 만수의 모자를 접대하였다. 만수의 어머니는 며느리 보내기가 부끄럽고 원통하였다. 그러나 아들의 말을 아니 들을 수 없었다. 그것은 전후 지난 일이 그릇되다는 것을 깨달은 것이 아니라, 천금 같은 자식이 그때에 심한 심려로 낯빛이 해쓱하여 가는 것을 볼 때마다 자기의 고기˙를 찢

• **수굿이** 꽤 온순한 마음으로 따르는 태도가 있게.
• **전인격** 사람이 지닌 인격의 전체.
• **고기** 사람의 살.

더라도 자식의 마음을 거슬리지 않으리라 하였다. 김 소사는 이렇게 생각하면서도 일일이 실행은 못 하였다. 이혼한 처를 친정으로 보낼 때 만수의 가슴도 쓸쓸하였다. 죄 없는 꽃다운 청춘을 소박*주어 보내거니 생각할 때 그의 불안은 컸다. 그러나 불안은 인류가 인류에 대한 사랑에서 노출하는 불안이었다. 이성에 대한 연애에서 우러나오는 것은 아니었다. 그러므로 그렇게 동정하면서도 다시 끌어다가 품에 안기는 몸서리를 칠 지경 싫었다.

이혼만으로서는 만수의 고민을 고칠 수 없었다. 만수는 어찌하든지 고민을 이기고 사람답게 살려고 애썼다. 이때 그의 머리에는 희미하나마 자기의 전인격을 인류를 위하여 바치려는 정신이 일종의 호기심과 아울러 떠올랐다.

공부에 뒤진 고민과 연애에 대한 번민은 인류를 건지려는 열심으로 점점 경향을 옮겼다. 그 사상은 마침내 무르녹아, 그로 하여금 감옥 생활을 하게 하고 만주로 향하게 하였다. 김 소사는 만수를 따라가려고 하였다.

"나도 갈 테다. 어데든지 갈 테다. 나는 이제 너를 보내고는 못 살겠다. 어데를 가든지 나는 나로 벌어먹을 테니, 네 낯만 보여다오……. 네 낯만 보면 굶어도 살 것 같다."

김 소사의 말에 만수는 묵묵하였다. '아! 어머니는 또 내 일에

• **소박** 처나 첩을 박대함.

빙해를 놓으시나?' 하고 생각할 때, 칼이라도 있으면 그 앞에서 어머니를 찌르고 자기까지 죽고 싶었다. 만수의 가슴에는 연기가 팽팽 도는 듯하였다. 그러나 '네 낯만 보면 굶어도 살 것 같다.' 한 어머니의 말을 생각할 때 가슴이 찌르르하였다.

"아아, 자식이 오죽 그립고 사랑스러우면 그렇게 말씀을 하시랴? 아! 뱀의 새끼 같은 나는, 소위 자식은, 그런 부모를 버리고 가려고 해……. 아니 칼로…… 응 윽."

그는 몸을 부르르 떨었다. 이때 '어서 올려라.' 하고 무서운 악마들이 자기를 교수대로 끌어올리는 듯하였다. 자기를 위하여 목숨이라도 아끼지 않으려는 그 어머니를 버리고 가면 그 앙화*에 될 일도 안 될 듯싶었다.

만수는 드디어 어머니를 모시고 가기를 결심하였다.

4

선두청 시계가 아홉 점을 친 지가 오래였다.

북국 오월의 바다 밤은 좀 찼다. 꺼먼 바다를 스쳐 오는 비릿한 바람은 의복에 푸근히 스며든다. 비가 오려나? 하늘은 별 하나 보

• **앙화** 지은 죄의 앙갚음으로 받는 재앙.

이지 않고 물결은 그리 사납지 않으나, 은은한 바닷소리는 기운차게 들린다.

간간이 망양정 끝이 번득할 때면, 벌건 불빛이 금포˙처럼 일자로 바다를 건너서 유진 머리˙까지 비추인다.

여덟 시 반에 입항한다는 '금평환'은 아직 불빛도 보이지 않았다. 부두 머리 파란 가스불 아래 모여든 배 탈 손님들의 낯에는 초조한 빛이 돈다. 선부˙들도 벌써 나오고, 노동자들도 짐사리˙ 배에 모여 앉아서 지껄인다.

만수도 어머니와 같이 이삿짐을 지어가지고 부두로 나왔다. 김 소사의 친구, 만수의 친구…… 하여 전송객이 이십여 인이나 되었다. 술병, 과자 갑, 담배 상자가 여기저기서 들어온 것이 한 짐 잔뜩 되었다. 김 소사를 위하여 나온 편은 거개˙ 늙은이들이었다. 저편 창고 앞에서 담배를 피우면서,

"참 섭섭하오."

"간도 가 좋으면 편지하오."

"우리도 명년˙에는 간도로 가겠소."

- **금포** 비단으로 만든 도포나 두루마기.
- **유진 머리** 유진이라는 포구의 앞부분.
- **선부** 뱃사공. 배를 부리는 일을 직업으로 하는 사람.
- **짐사리** 정확한 뜻을 알 수 없음.
- **거개** 대체로 모두.
- **명년** 올해의 다음. 내년.

"우리 큰집에서 간도로 갔는데, 만나거든 안부를 전해주오."

"간도는 곡식이 흔타는데?"

하는 서두와 조리 없는 말을 서로 주고받으면서 간간이 쓸쓸한 웃음을 웃는다.

만수의 편은 싱싱하였다. 거개 이십 전후의 청년들이었다. 선물로 가져온 술병을 벌써 터쳐서 나발을 불고 눈에 술기운이 몽롱하여, 천지는 자기의 천지라는 듯이 떠드는 판이, 말이 이별하니 섭섭이지, 마치 기꺼운 잔치 끝 같았다. 만수도 많이 못 하는 솜씨에 한잔 얼근하여 기쁜 듯이 빙글빙글하였다.

"만수야 잘해라. 어— 나만 오나라. 나만 와. 으후……."

제일 잘 떠드는 운철이가 비틀거리면서 기염°을 토한다.

"아— 김군이 취했다. 하하."

만수는 쾌활하게 웃었다.

"자식이 술이라면 사족을 못 쓰는 게굴등°이, 세 병이나 나발 불었으니…… 흥, 저 꼴 봐라."

만수 곁에 선 눈이 어글어글한° 순석이는 비틀거리는 운철이를 조롱하였다.

"이놈아, 내가 세 병을 먹고…… 흥…… 세 병 뜻닷뜻닷(나발부

• **기염** 불같은 기운. 대단한 기세

• **게굴등** 게걸증. 지나치게 많이 먹는 증세.

• **어글어글하다** 생김새나 성품이 매우 상냥하고 너그럽다.

는 뜻)하고˙ 그럴 내가 아니야……. 흥…… 그렇지? 만수! 그저 나만 와!"

숙이 흐르는 듯한 벌건 눈으로 만수를 본다. 저편 창고 머리에 빙글빙글하고 섰던 기춘이는 급하게 오더니 운철의 옆구리를 찌르면서,

"이 사람 정신 차려! 무어 나오나라 마라 하나? 저기 칼치˙가 있네!"

"그까짓 갈빗대 찬 것들이 있으면 어때?"

운철이는 바로 잘난 듯이, 그러나 나직하게 중얼거리면서, 무서운지 저편으로 비틀비틀 간다.

"그렇게 도망가는 장력˙…… 왜 떠드나? 흐흐흐."

"그래도 무서운 데는 술이 깨나 보이? 정신 모르는 체하더니 잘만 달아난다. 하하하."

몇 사람이 웃는 바람에 모두 한 번씩 웃는다. 이때 순사가 그네들 앞을 지나갔다. 모두 웃음을 뚝 그쳤다. 엄숙한 침묵이 그 찰나에 흘렀다.

"김군! 편지하게. 자네는 좋은 데로 가네!"

돌아섰던 청년들은 거반 한마디씩 뇌었다. 이 순간 모두들 눈에

- **뜻닷뜻닷하다** 뚝딱뚝딱하다. 일을 잇따라 거침없이 손쉽게 해치우다.
- **칼치** 순사. 일제 때 경찰관의 가장 낮은 계급.
- **장력** 씩씩하고 굳센 힘.

는 딴 세계를 동경하는 빛이 확실히 흘렀다.

"무얼 좋아!"

만수는 이렇게 대답은 하면서도 속으로는 기뻤다. 세상이 다 동경하면서도 밟지 못한 곳을 자기 먼저 밟는 듯하였다. 저편 부두머리에 매인 쌈판 위에 고요히 섰던, 얼굴이 뚜렷하고 노숙하게° 보이는 황창룡이는 이편을 보면서,

"만수! 배가 들어오나 보이⋯⋯. 짐을 단단히 살피게⋯⋯."

주의시키는 그 얼굴에 애수°가 흐르는 것을 만수는 보았다. 황창룡, 김경식, 만수 세 사람은 피차에 지기지우°로 허한다. 경석이는 서울 유학 중에 만세를 부르고 감옥에 들어간 것이 지금 소식이 묘연하다.

'위 위―'

돌에 치인 고양이 소리 같은 금평환의 입항 소리는 몽롱한 밤안개 속에 잠긴 산천을 처량하게 울렸다.

"응 왔구나!"

"자! 짐을 모두 한곳에 모아놓지!"

여러 사람들은 기적 소리 나는 데를 한 번씩 보았다. 꺼먼 바다 위에 떠 들어오는 총총한 불이 보였다. 뱃몸은 잘 보이지 않으나

• **노숙하다** 오랜 경험으로 익숙하다.
• **애수** 마음을 서글프게 하는 슬픈 시름.
• **지기지우** 자기의 속마음을 참되게 알아주는 친구.

번쩍거리는 불 그 속에 어렴풋이 보이는 뭉클뭉클한 연기. 마치 저승과 이승의 길을 이어주는 그 무엇같이 김 소사에게 보였다. 고동 소리를 들을 때 만수의 가슴도 두근두근하였다. 어찌하여 두근덕거리는지는 막연하였다.

만수와 창룡이는 뜨거운 청춘의 피가 뛰는 손과 손을 꽉 잡았다. 그 순간 피차의 혈관을 전하여 감각되는 맥박은 피차의 가슴에 말로써 표할 수 없는 암시를 주었다.

"경석 형은 언제나 출옥이 될는지?"

만수의 낯에는 새삼스럽게 활기가 스러졌다.

"글쎄…… 아무쪼록 조심해라."

창룡의 소리는 그리 쓸쓸하지 않았다.

"내 염려는 말아라! 경석 형이 출옥하시거든 그것을 단단히 말해라. 거기 있다고……. 언제나 또 볼는지 기약이 없구나!"

그 소리는 무슨 탄원 같았다.

"글쎄 언제나 모두 만나겠는지?"

이 두 청춘의 눈앞에는 황연한° 미래와 철창에서 신음하는 쪽 빠진 경석의 모양을 그려보았다.

떠나는 이의 '잘 있으오!' 소리, 보내는 이의 '잘 가오!' 소리, 부두 머리는 잠깐 침울한 기분에 싸였다.

• **황연하다** 환하게 밝다.

김 소사는 고향을 떠나는 것이 슬픈 중에도, 아들을 앞세우고 가는 것이 마음에 얼마나 든든하고 기꺼운지 알 수 없었다. 만수도 애오라지* 슬픈 가운데도 알지 못할 그 무엇에 대한 만족에 신경이 들먹거렸다.

5

만수의 모자는 일주일이 넘어서 북간도 왕창 다캉재라는 곳에 이르렀다.

회령서 두만강을 건너서 오랑캐령을 넘어 용정에 다다를 때까지, 그네는 다른 나라의 정조를 별로 느끼지 못하였다. 용정 거리에 들어선 때는 조선 어떤 도회에 들어선 듯하였다. 푸른 벽돌로 지은 중국 집이며, 중국 관리의 너저분한 복색이며, 짐마차의 많은 것이 다소간 어둑한 호지(胡地)*의 분위기를 보였다. 그러나 십분의 아홉이나 조선 사람에게 점령된 용정은, 서양 사람이 보더라도 조선의 도회라는 감상을 볼 것이다. 간도라 하면 마적이 휘달리는 쓸쓸한 곳인 줄만 믿던 김 소사는 용정의 번화한 물색*에 놀

• **애오라지** '오로지'를 강조하여 이르는 말.
• **호지** 오랑캐가 사는 땅. 흔히 중국 동북 지방을 이른다.
• **물색** 세상 만물의 색깔.

랐다. 그러나 용정을 지나서 왕청으로 들어갈 때, 황막한 들과 험악한 산골을 보고는 무서운 생각에 신경이 제릿제릿하였다*. 만수는 이미 짐작한 바이나, 실지 목격할 때 "아아, 황막한* 벌*이로구나!" 하고 무심중* 부르짖었다. 으슥한 산속에서 중국 사람을 만날 때마다 무서운 생각에 가슴이 두근거렸다. 군데군데서 조선 사람의 동리를 만나면 공연히 기뻤다. 조선 사람들은 어느 골짜기나 없는 데가 없었다. 십여 호, 삼사 호가 있는 데도 있고, 외따로 있는 집도 흔하다. 거개 쓰러져 가는 초가집에서 중국 사람의 소작인으로 일평생을 지낸다. 간혹 전지(田地)*를 가진 사람이 있으나, 그것은 쌀에 뉘*만도 못하였다.

그네들 가운데는 자기의 딸과 중국 사람의 전지를 바꾸는 이가 있다. 그네들은 일본과 중국과의 이중 법률의 지배를 받는다. 아무런 힘없는 그네들은 두 나라 틈에서 참혹한 유린을 받고 있다. 그래도 어디 가서 호소할 곳이 없다.

만수가 이른 왕청 다캉재에는 조선 사람의 집이 일곱 호가 있

- **제릿제릿하다** 저릿저릿하다. 심리적 자극을 받아 마음이 순간적으로 약간 흥분되고 떨리는 듯하다.
- **황막하다** 거칠고 아득하게 넓다.
- **벌** 넓고 평평하게 생긴 땅.
- **무심중** 아무런 생각이 없어 스스로 깨닫지 못하는 사이.
- **전지** 논과 밭.
- **쌀에 뉘 (섞이듯)** 많은 가운데 아주 드물게 섞여 있음을 비유적으로 이르는 말. '뉘'는 벼 껍질이 벗겨지지 않은 채로 섞인 벼 알갱이를 말한다.

다. 그리고 고개를 넘어가거나 동구를 나서 1리나 2리에 십여 호, 오륙 호의 촌락이 있다. 산과 산이 첩첩하여 콧구멍같이 뚫어진 골마다 몇 집씩 밭을 내고 들어 산다. 해 뜨면 땅과 싸우고 날이 들면 쿨쿨 자는 그네는, 그렇게 죽도록 벌건마는 겨우 기한°을 면할 뿐이다. 역시 알짜는 중국 사람의 손으로 들어가 버린다. 그네에게는 교육기관도 없었다. 그래도 그네들은 내지(조선) 있을 때보다 낫다고 한다. 골과 산에는 수목이 울울하여° 몇백 년간이나 사람의 자취가 그쳤던 곳 같다. 낮에도 산짐승이 밭에 내려와서 곡식을 먹는다.

만수는 이십 원 주고 외통집° 한 채를 샀다. 다음, 중국 사람의 밭을 도조°로 얻었다. 농사를 못 지어본 만수로는 도조 맡은 밭은 다룰 수 없었다. 일 년에 삼십 원씩 주기로 작정하고 머슴을 두었다. 김 소사는 비록 늙기는 하였으나 젊을 때 바람이 얼마 남았고 어려서 농삿집에서 자란 까닭에 농사 이면은 잘 알았다.

보리가 한창 푸른 여름이었다. 만수는 집을 떠났다.

이때 만주 서백리아 상해 등지에는 ×××이 벌떼같이 일어나서 그 경계선을 앞뒤에 벌렀다.

• **기한** 굶주리고 헐벗어 배고프고 추움.
• **울울하다** 나무가 빽빽하게 들어서 매우 무성하다.
• **외통집** 아래위 칸을 칸살을 막지 아니하고 외통으로 지은 집.
• **도조** 남의 논밭을 빌려서 부치고 논밭을 빌린 대가로 해마다 내는 벼.

내지로부터 은밀히 강을 건너와서 ×××에 몸을 던지는 청년들이 많았다.

산골짜기에서 나무를 베던 초부*며 밭을 갈던 농군도 호미와 낫을 버리고 ×××에 뛰어드는 이가 많았다. 남의 빚에 졸려서 ××에 뛰어든 이도 있었다. 자식을 ×××에 보내고 밤낮 가슴을 치면서 세상을 원망하는 늙은이들도 있었다.

×××의 세력은 컸다. 이역의 눈비에 신음하고 살아오던 농민들은 한 푼 두 푼 모은 돈을 ×××에 바치고 곡식과 의복까지, 형과 아우와 아들까지 바쳤다. 백성의 소리는 컸다. 그 무슨 소리였던 것은 여기 쓸 수 없다.

만수가 ×××에 들어서 서백리아와 서간도 골짜기로 돌아다닐 때 김 소사의 가슴은 몹시 쓰렸다.

"해삼위*에는 신당이 몰리고, 구당과 일본 병이 소황령까지 세력을 가졌다."

"토벌대가 방금 얼두구, 배채구에 들어차서 소란하다."

"벌써 큰 전쟁이 일어났다. 여기도 미구에* 토벌대가 오리란다."

이러한 소문에 민심은 나날이 흉흉하였다. 어떤 사람은 집을 버리고 깊은 산골로 피난을 갔다. 이런 소리, 저런 꼴을 보고 들으며

• **초부** 나무꾼.
• **해삼위** 시베리아 동남부, 동해 연안에 있는 항구 도시. 블라디보스토크.
• **미구에** 얼마 안 있어. '미구'는 '얼마 오래지 아니함'이라는 뜻.

만수의 소식을 못 듣는 김 소사의 가슴은 항상 두근두근하였다. 그의 눈앞에는 총과 칼에 빡빡 찢겨서 선혈이 임리한* 만수의 시체가 어떤 구렁에 가로놓인 듯한 허깨비가 보였다. 김 소사는 밤마다 정화수*를 떠놓고 북두칠성에 빌었다. 그는 세상을 원망하였다. 공연히 ×××을 욕도 하였다. 세상이 다 망한다 하더라도 만수 하나만 무사히 돌아온다면 춤을 추리라고도 생각하였다. 그렇게 생각하면서도 '○○를 ○하는 것이 ○○일이라.' 하는 생각도 막연히 가슴에 떠올랐다. 그는 어떤 때에는 만수가 다니는 곳을 따라다니면서 밥이라도 지어주었으면 하였다. 어떠한 고초를 겪든지 만수의 낯만 보았으면 천추*의 한이 없을 것 같았다.

살* 같은 광음*은 만수가 집 떠난 지 벌써 두 해나 되었다. 그는 집 떠나던 해 여름과 초가을은 ××에서 ○○매수에 진력하다가* 그해 겨울에는 다시 간도로 나와서 A란 곳에서 △△병과 크게 싸웠다. 총을 끌고 적군을 향하여 기어 나갈 때나 '쾅' 하는 소리를 처음 들을 때, 그의 가슴은 두근두근하고 몸은 부들부들 떨렸다. 그는 그때마다,

---

- **임리하다** 피, 땀, 물 따위의 액체가 흘러 흥건하다.
- **정화수** 이른 새벽에 길은 우물물.
- **천추** 오래고 긴 세월. 또는 먼 미래.
- **살** 화살.
- **광음** 햇빛과 그늘, 즉 낮과 밤이라는 뜻으로, 시간이나 세월을 이르는 말.
- **진력하다** 있는 힘을 다하다.

'응! 내가 왜 이리두 ○○한구······. ○○ 가라. ○○를 위하여 ○으라!'

이렇게 스스로 ○○하면서, 자기의 ○○한 생각을 누가 알지나 않나 해서 곁에 ○○들을 슬그머니 보았다. 긴장한 얼굴의 ○○가 ○○한 다른 사람의 낯을 보면 자기가 ○하여 보이는 것이 부끄럽고 동시에 '나도!' 하는 용기가 났다. ○○과 점점 가까워지고 주위는 긴장한 공기에 죄일 때, 말 없는 군중에 엄숙한 기운이 돌고 눈동자는 지휘하는 ○빛을 따라 예민하고 ○○○○게 움직였다. 이때 만수의 가슴은 천사만념°이 폭류°같이 얼크러졌다.

'어머니는 나를 얼마나 기다리시나? 자칫하면 어느 때 어디서 이 몸이 죽는 줄도 모르게 죽겠으니······. 내가 죽어라! 어머니는 손을 꼽고 기다리시다가 한 해 두 해 세 해······. 이리하여 소식이 없으면 그냥 통곡하시다가 피를 토하고 눈을 못 감으시고 돌아가실 것이다. 아— 어머니! 더구나 타국에서 죽으면 의지없는 이 고혼°이 어데 가서 붙을까? 노심초사하고 집을 뛰어나온 것은 고국에 들어가서 형제를 반갑게 맞으려고 했더니, 강도 못 건너고 죽으면 어쩌누? 아— 어찌하여 이 몸이 이때에 났누? 아— 어머니!'

그는 이렇게 번민하였다. 그러나 그는 그 때문에 ○○하거나 뛰

• **천사만념** 여러 가지로 생각함. 또는 그런 생각.
• **폭류** 한순간에 쏟아져 내리는 물줄기.
• **고혼** 의지할 곳 없이 떠돌아다니는 외로운 넋.

러고 하지 않았다.

"모두 공상이다. 그것은 방 안에 가만히 앉아서 생각할 꿈이요 공상이다. 나는 지금 ○○에 나섰다. 천애 타국에서 이름 없이 ○는다 하여도 역시 ○○다. 인류와 어머니를 위한 ○○이다. 이름이란 하상˚ 무엇이냐!"

하고 홀로 ○○을 쥐고 부르짖을 때면 온 ○○의 ○가 ○○올라서 ○○을 지고 ○○○에라도 뛰어들 듯이 ○○이 났다. 이러다가 ○○과 어울려서 양방에서 ○는 ○○소리, ○소리가 산악을 울리고 뿌―연 ○○냄새 속에 빗발같이 내리는 ○○이 눈 속에 마른 나뭇잎을 휘두들겨 떨어뜨릴 때면, 모두 정신이 탕양하고 어릿어릿하여˚ 죽는지 사는지, 내 몸이 있는지 없는지도 의식지 못하고 오직 ○만 쾅쾅 쏜다. 그러다가도 '으아' 하는 소리와 같이 뛰게 되면, 산인지 물인지 구렁인지 나뭇등걸˚인지 가리지 못하고 허둥지둥 달린다. 이렇게 몇십 리나 뛰었는지도 모르게 쫓겨 다니다가 조용한 데서 흩어졌던 ○○이 보이게 되면, 비로소 서로 살아온 것을 치하하고, 보이지 않는 사람은 죽은 줄로만 알았다. 이렇게 ○마저 ○는 사람도 있거니와, 뛰다가 길을 잃고 눈 구렁에 빠져서 얼

- **하상** 근본부터 따지고 보면.
- **탕양하다** 물결이 넘실거리며 움직이다.
- **어릿어릿하다** 눈앞에 어려 오는 것이 자꾸 또는 매우 어렴풋하다.
- **나뭇등걸** 나무를 베어내고 남은 밑동.

어 죽고 굶어 죽는 사람도 불소하였다*. 그네들 시체는 못 찾았다. 누가 애써서 찾으려고도 하지 않았다. A촌 싸움 후로 ×××의 세력은 점점 꺾였다. ×××은 하는 수 없이 뒷기약*을 두고 각각 흩어져서 서백리아 등지로도 가고, 산골에서 사냥도 하고 어린애들 천자도 가르쳤다.

만수도 하는 수 없이 나재거우*서 겨울을 났다. 그 이듬해 봄에 집으로 돌아왔다.

집으로 돌아온 만수는 곧 장가들었다. 처음에는 장가를 들지 않으려고 하였으나, 어머니의 애원에 장가를 들었다. 만수는 장가드는 것이 불만하였으나, 어머니를 홀로 두고 다니는 것보다는 나으려니 생각하였으며 동지들도 그렇게 권하였다. 그는 은근히 한숨을 쉬면서, 사랑 없는 아내를 이번에는 의식적으로 맞았다. 자기의 전인격을 이미 바칠 곳을 정한 그는, 연애를 그리 대단히 보려고 하지 않았다. 그러나 청춘인 그 가슴에 연애의 불꽃이 꺼진 것은 아니었다.

김 소사는 만수가 자기의 말에 순종하여 장가드는 것이 기뻤다. 이제는 만수가 낫살*도 먹고 고생도 하였으니, 장가를 들어서 내

- **불소하다** 적지 않다.
- **뒷기약** 뒷날에 대한 약속.
- **나재거우** 연변에 있던 마을인 '나자구'를 이르는 말.
- **낫살** '나잇살'의 준말. 흔히 '먹다'와 함께 쓰여, 지긋한 나이를 낮잡아 이르는 말.

외간 정을 알게 되면 어디든지 가지 않으리라는 것이 김 소사의 추측이었다.

장가든 후에는 꼭 집에 있으려니 하고 믿었던 만수가 그해 가을에 또 집을 떠났다. 그때 그의 아내는 배가 점점 불렀다. 김 소사는 절망하였다. 장가들어서 몇 달이 되어도 내외간에 희색*이 없고 쓸쓸히 지내는 것을 보고 걱정하던 차에 또 집을 떠나니, 예기하던* 일 같기도 하고 지나간 일이 생각나서 후회도 하였으며, 그러다가 만수가 영영 돌아오지 않으면 어쩌나 하여 가슴이 덜컥 내려앉았다.

만수는 ×××에 가서 있다가 곧 돌아왔다. 때는 만수가 떠난 겨울에 낳은 몽주가 세 살 난 늦은 가을이었다. 만수는 어디든지 갔다가도 어머니를 생각하고 돌아온다.

집에 돌아온 만수는 이웃에 새로 설립한 사립 소학교의 교사로 천거되어서, 벌써 교편을 잡은* 지 일삭*이나 되었다. 그러나 이때에 만수는 군삼이라는 이름으로 변하였다. 이때는 △△가 남북 만주에 세력을 펴서 ×××을 잡는 때문이었다.

- **희색** 기뻐하는 얼굴빛.
- **예기하다** 앞으로 닥쳐올 일에 대하여 미리 생각하고 기다리다.
- **교편을 잡다** 학교에서 교사 생활을 하다. 교편은 교사가 수업이나 강의를 할 때 필요한 사항을 가리키기 위해 사용하는 가느다란 막대기를 이르는 말.
- **일삭** 한 달. '삭'은 달을 세는 단위.

6

만수는 오늘 야학교에 가지 않고, 이불을 뒤집어쓰고 방에 드러누웠다. 이삼일 전부터 코가 찡찡하더니*, 어젯밤부터는 신열*·두통에 코가 메고* 재채기가 뜨끔뜨끔 나서 오늘은 교수를 억지로 하였다.

학교에서 돌아왔는데도 등골에 찬물을 끼얹는 듯이 오싹오싹하더니, 저녁 후부터는 신열이 더하였다.

아침부터 퍼붓던 눈은 황혼에 개었으나, 검은 연기가 엉긴 듯이 무거운 구름은 하늘에 그득 차서, 땅에 금방 흐를 것 같다. 산을 덮고 들에 깔린 눈빛에, 밤 천지는 수묵을 풀어놓은 듯이 그윽하다. 앞뒤 골에 인적이 고요한데, 바람 한 점 없는 푸근한 초저녁 뒷산으로 흩어 내려오는 부엉새 소리는, 낮고 느린 가운데 흐르는 가벼운 여운이 솜처럼 부들한* 비애를 준다. 이불을 뒤집어쓰고 뜨거운 구들*에 등을 붙인 만수는, 괴로운 가운데도 알지 못할 회포*가 가슴에 치밀고 마음이 뒤숭숭하였다. 그는 이불을 활짝 밀

- **찡찡하다** 코가 막혀 숨쉬기가 거북하다.
- **신열** 병으로 인하여 오르는 몸의 열.
- **메다** 뚫려 있거나 비어 있는 곳이 막히거나 채워지다.
- **부들하다** 부드러운 듯하다.
- **구들** 흙을 발라서 방바닥을 만들고 불을 때어 난방을 하는 구조물.
- **회포** 마음속에 품은 생각이나 정(情).

어놓고 벌떡 일어나 앉았다.

"몹시 아프오?"

곁에서 어린것을 젖 먹이던 그 아내는 만수를 쳐다보았다. 빤—
한* 기름불을 멀거니 쳐다보는 만수는 아무 대답도 없었다. 대답
을 기다리던 그 아내의 낯빛은 붉었다. 만수의 대답 안 하는 것이
자기를 귀찮게 여기는 듯도 하고, '보기 싫으니 가거라' 하는 듯이
생각났다. 그렇게 생각나면 만수가 원망스럽고 자기 팔자가 원통
스러웠다. 그러나 만수는 그런 것 저런 것 생각하지 않았다. 멀거
니 앉은 그는 딴 세계를 눈앞에 그렸다. 그 아내는 자곡지심*에 몽
주를 안고 돌아누우면서 소리 없는 한숨을 쉬었다.

"몹시 아프냐? 무얼 좀 먹어야지. 미음을 쑤랴?"

부엌방에서 담배 피우던 김 소사는 방 사잇문을 열었다. 정주*
로 들어오는 산뜻한 찬 바람이 만수의 정신에 사르르 와 닿는다.

"아뇨. 무얼 먹고푸잖어요."

만수는 대답하면서 드러누웠다.

불을 껐다…… 다 잠들었다…… 밤이 깊었다.

멀리서 '우 우' 하던 천뢰* 소리가 차츰 가깝게 들린다. 고요하

- **빤하다** 어두운 가운데 밝은 빛이 비치어 조금 환하다.
- **자곡지심** 스스로 섭섭하고 언짢게 여기는 마음.
- **정주** 부엌과 안방 사이에 벽이 없이 부뚜막에 방바닥을 잇달아 꾸민 부엌.
- **천뢰** 하늘의 자연 현상에서 나는 소리. 바람 소리, 빗소리 등.

던 천지에 바람이 건너기 시작한다. '우 우' 천둥같이 소리치는 바람이 뒷산을 넘어 골을 스쳐 갈 때면, 집은 떠나갈 듯이 으르릉으르릉 울린다. 어둑한 창가에 쏴―쏴― 뿌리는 눈 소리는 바닷가의 폭풍우 밤을 연상케 한다. 천지는 정적에 든 듯이 소리와 소리가 끊는 듯하다가는, 또 '우 우' 하고 바람이 소리치면 세상은 다시 몇만 년 전 혼돈으로 돌아가는 듯이 지축까지 흔들흔들 움직이는 듯하다. 대지의 눈 속에 게딱지같이 묻힌 오막살이들은 숙연한 풍설 속에 말 없는 공포의 침묵을 지키고 있다.

비몽사몽간에 들었던 만수는 귓가에 얼핏 지나는 이상한 소리에 소스라쳐 깨었다. 바람은 그저 처량히 소리를 친다. 방 안에 흐르는 검은 공기는 무섭게 침울하다. 눈을 번쩍 뜬 만수는 바람 소리 속에 들리는 괴상한 소리에 가슴이 꿈틀하였다. 그는 머리를 번쩍 들고 창문을 바라보았다. 마루에서 자던 개가 목이 터지도록 짖으며 뛰어나간다. 우― 하는 바람 소리 속에 처량히 울리는 개 소리를 듣는 찰나! 전광°같이 언뜻 만수의 뇌를 지나가는 힘센 푸른빛은 만수의 온몸에 전해지는 공포의 전율과 같이 만수의 몸을 광적으로 벌떡 끄집어 일으켰다. 일어선 만수는 무의식적으로 문고리에 손을 대었다.

컴컴하던 창문에 불빛이 번쩍하면서 '꽝' 하는 총소리와 같이

• **전광** 번개가 칠 때 번쩍이는 빛.

놉시 짖던 개는 '으응' 슬픈 소리를 남기고 잠잠하다. 문고리에 손을 대었던 만수는 저편으로 급히 서너 자국 떼어놓더니, 다시 돌아서서 문고리에 손을 댄다. 창문을 뚫어지게 보는 그의 두 눈에 흐르는 푸른빛은 어둠 속에 무섭게 빛났다.

"문 벗겨라."

김 소사가 자는 정주문을 잡아챈다. 모진 바람 소리 속에 들리는 그 소리는 병인에게 내리는 사자(使者)˙의 마음(魔音)˙같이 주위의 공기를 무겁게 눌렀다. 만수는 그네가 누구인 것을 직각적으로˙ 깨달았다. '왔나?' 속으로 뇌일 때, 긴장하였던 그의 사지는 극도로 뛰는 맥박에 힘이 풀렸다.

'인제는 잡히나! 응 내가 왜 집으로 왔누?'

그는 다시 이를 악물었다. 그는 부지불식간˙에 옆구리에 손을 넣으려고 하였다. 옆구리에 닿은 손이 거치는 데 없이 쑥 미끄러져 내려갈 때, 그는 절망하였다. 마치 노한 물 위에서 지남침˙을 잃은 사공이 발하는 그러한 절망이었다.

'아! 할 수 없나?'

이 순간 그의 머리에는 몇 해 전 옆구리에 차고 다니던 ○○과

• **사자** 죽은 사람의 혼을 저승으로 잡아간다는 귀신.
• **마음** 마귀의 소리.
• **직각적으로** 보거나 듣는 즉시 곧바로.
• **부지불식간** 생각하지도 못하고 알지도 못하는 사이.
• **지남침** 나침반. 자침으로 항상 남북을 가리키도록 만든 기구.

○○○을 언뜻 그려보았다. 그는 문을 박차고 뛰리라 하였다. 그는 다리에 힘을 단단히 주었다. 발을 번쩍 들었다. "못 한다." 무엇이 뒤에서 명령하면서 냅다 차려는 다리를 홱 끌어안는 듯하였다. 그는 들었던 다리를 스르르 놓았다. 그가 마주 선 방문 앞에도 사람의 두런거리는 소리가 확실히 들린다.

그는 전신을 부르르 떨었다.

"문을 열어라."

"문이 열리게 해라."

이번에는 일본 사람, 조선 사람의 소리가 어울려 들리면서 정주 문 방문을 들입다 찬다. 만수는 거의 경련적으로 어두운 구석으로 뛰어들더니 엎드려서 무엇을 찾는다. 어둑한 구석에서 빨랫방망이를 집고 우뚝 일어서는 그의 두 눈은 번쩍하였다.

'잡혀도 정신을 차리자. 내가 왜 이리 비겁하냐?'

속으로 뇌이면서 ○○을 꼭 ○○었다.

'한 놈은 ○는다. 나의 ○○(○○)는 지킨다. 아— 그러나 어머니, 처자…… 내가 공손히 잡히면 그네를 살린다. 선불을 잘못 걸면* 우리는 모두 이 자리에서 가엾은 혼이 된다……. 만일 내가 잡히면 저 식구들은 누구를 믿고 사누? 나도 철장* 고형*에 신음

• **선불을 걸다** 어설프게 건드리다.
• **철장** 쇠로 만든 막대기나 지팡이. 맥락상 '철창(감옥)'이 더 적절해 보인다.
• **고형** 고통스러운 형벌.

143

하다가 나중에 괴로운 죽음을 지을 터이니……. 에! 이래도 죽고 저래도 죽는 바에야…….'

그는 전신에 강철같이 힘을 주면서 이를 빡 갈았다. 그는 훨훨 붙는 화염 속에서 헤매는 듯한 자기의 그림자를 눈앞에 보았다. 그는 또 이를 빡 갈았다. 자던 몽주는 소리쳐 운다. 김 소사는 방으로 뛰어 들어오면서,

"에구 에구, 만수야."

한마디 지르고는 문턱에 걸려서 어둠 속에 쓰러졌다. 목이 꽉 메어서 간신히 소리를 치고 쓰러지는 어머니를 볼 때, 만수의 오장은 또 끊어지는 듯하였다.

'아! 공손히 잡히리라. 어머니와 처자를 살리리라. 그렇지 않으련들 이 방맹이로 무얼 하랴?'

그는 방망이를 힘없이 떨어뜨리고 문을 덜렁 벗겼다. 흥분의 열정에 거의 광적 상태가 되었던 만수는, 찰나찰나 옮기는 새에 차츰 자기라는 것을 의식하게 되었다. 그의 가슴은 좀 고요하였다.

'내가 왜 문을 벗겼을까!'

문을 벗기고 두어 걸음 물러선 그는 후회하였다. 그러나 다시 문 걸 용기는 나지 않았다.

"만수, 어서 나서거라. 이제야 독 안에 든 쥐지……. 허허."

밖에서 지르는 소리는 확실히 낯익은 소리다. 만수는 뜻밖이라는 듯이 눈을 굴렸다. 그 소리에는 조롱의 여운이 너무도 흐른다.

문을 벗긴 후에도 한참이나 주저거리더니, 웬 자가 방문을 벗겨 잡아 제친다. '꽝!' 번뜩하는 불빛과 같이 총소리가 방 안을 터칠 듯이 울린다. 구릿한 화약 냄새가 무거운 밤공기에 빛 없이 퍼진다.

"꿈적하면 이렇게 쏠 테다."

헛총*으로 간담을 놀랜 자는 이렇게 소리치면서 들어선다. 이때에 파—란 회중전등* 불이 도깨비불같이 방 안을 들이쏜다. 한 자가 기름등잔에 불을 켤 때에는 십여 명이나 방에 죽 들어섰다. 권총을 괴어 들고 둘러선 모든 자들 눈에는 검붉은 핏줄이 올올이 섰다. 이 속에 고요히 선 만수의 가슴은 생사지역*을 초월한 듯이 아주 냉랭하였다. 여태까지 끓던 열정은 어디로 갔는지……? 몽주는 부들부들 떠는 어미의 가슴에서, 낯빛이 까매 운다. 얼굴이 거무레한 자가 "빠가*!" 하면서 어린것의 가슴에 권총을 괴어 든다. 만수 아내는 몽주를 안은 채 그냥 앞으로 엎드린다. 그것을 보는 만수의 두 눈에서는 불이 번쩍 일어났다.

"이놈아, 나를 쏘아라."

만수는 부르르 떨면서 그 앞으로 뛰어가려고 한다. 둘러섰던 자들은 일시에 앞을 막아서면서 만수의 가슴에 권총을 괴어 든다.

• **헛총** 위협을 주려고 엉뚱한 곳에 총을 쏘는 일.
• **회중전등** 가지고 다닐 수 있는 작은 전등. 전지를 넣으면 불이 들어온다.
• **생사지역** 삶과 죽음의 경계.
• **빠가** 바보

"흥! 한때 푸르던˙ 세력이 어디를 갔나?"

한 자는 콧등을 쭝긋하면서 만수의 두 팔에 포승˙을 천천히 지인다˙. 그 목소리는 아까 밖에서 비웃던 소리다. 만수는 그자를 쳐다보았다.

"악!"

거무레한 그 자의 얼굴을 본 순간⋯⋯ 만수는 외마디소리˙를 질렀다.

"흥!"

그자는 모소(侮笑)˙가 그득한 눈으로 창백한 만수를 본다.

그자는 3년 전에 만수와 같이 ×××에 다니던 김필현이다. 욱기˙가 과인한˙ 필현이는 ××× 속에서도 완력 편이었다. 그는 ××단 제1중대 제1소대 부교로 다니다가 소대장과 권력 다툼 끝에 뛰어나간 후로 이때까지 소식이 없었다. 그는 만수와 한 군중에도 다녔다.

만수는 이를 빡 갈면서 핏발 선 눈으로 필현이를 보았다.

- **푸르다** 세력이 당당하다.
- **포승** 죄인을 잡아 묶는 노끈.
- **지다** 줄이나 포승 따위에 묶이다.
- **외마디소리** 괴롭거나 무섭거나 놀랄 때 지르는 높고 날카로운 한마디의 소리.
- **모소** 남을 업신여기는 비웃음.
- **욱기** 참지 못하고 앞뒤 헤아림 없이 격한 마음이 불끈 일어나는 성질. 또는 사납고 괄괄한 성질.
- **과인하다** 남들보다 지나치다. 보통 사람보다 뛰어나다.

이때 정주에서 들어오다가 거꾸러진 김 소사는 일어나면서,

"나리님, 그저 살려주시오! 어구, 어구!"

하고 끽끽 운다. 애원의 빛이 흐르는 김 소사의 낯은 원숭이의 낯 같이 비열하였다. 그것을 본 만수는 쓰라린 중에도 민망하였다.

"어머니, 그놈들에게 무얼 빌어요! 원수에게 무얼 빌어요……."

그 소리는 천 근 쇳덩어리를 굴리듯이 무겁고 세찼다.

"이놈아, 어서 걸어. 건방지게."

한 자가 만수의 뺨을 후려 붙인다. 차디찬 바람이 스치는 만수의 뺨은 뜨거운 눈물에 젖었다. 이때에 어떤 자가 굴뚝 머리에 쌓아놓은 나뭇가리* 뒤로 가더니 성냥을 번듯 긋고 나온다.

뒷산을 넘어 앞산에 부딪치고 골로 내리쏠리는 바람 소리의 우— 하는 것은 구슬픈 통곡을 치는 듯하다. 산에 쌓였던 눈은 골에 불려 내리고, 골의 눈은 버덕*으로 불려 나가서, 뿌연 것이 눈을 뜰 수 없다.

만수를 잡아가는 여러 사람들의 그림자는 동남 골짜기 어둑한 눈안개 속에 사라졌다. 김 소사는,

"만수야! 만수야!"

통곡하면서 허둥지둥 따라가다가 눈 속에 거꾸러졌다. 만수의

• **나뭇가리** 땔나무를 쌓아놓은 더미.
• **버덕** '들'의 방언.

아내는 이웃에 달려가서 소리를 질렀다.

전쟁 뒤같이 휑한 만수의 집 굴뚝 머리 나뭇가리에서 반짝반짝하던 불은 점점 크게 번졌다. 바람이 우— 할 때면 불길이 푹 주저앉았다가, 가는 바람이 지난 뒤면 다시 활활 일어선다. 염염한* 불길은 집을 이은 처마 끝에 옮았다. 우렛소리 같은 바람 소리! 바닷소리 같은 불 소리! 뿌연 눈보라!

뻘건 불빛! 뭉뭉한* 연기는 하늘을 덮고, 눈에 덮인 골은 벌겋게 탈 듯하다.

바람이 자면 울타리, 뒤주간, 원채* 각각 훨훨 타다가도, 광풍이 쏴— 내리쏠릴 때면 그 불들은 한곳에 어우러져서 커다란 불덩이 풍세*를 따라 우르르 소리친다. 삽시간에 콧구멍만 한 집은 쿵 하고 내려앉았다. 쌀 뒤주간도 깡그리 탔다. 무서워서 벌벌 떨던 이웃 사람들도 그제야 하나둘씩 나왔다.

주인을 잃고 집까지 잃은 생령은 어디로 향하랴?

- **염염하다** 활활 타고 있다.
- **뭉뭉하다** 연기나 안개 따위가 자욱하고 답답한 느낌이 있다.
- **원채** 여러 채로 된 살림집에서 주가 되는 집채.
- **풍세** 바람의 기세.

7

만수는 조선으로 압송되어 청진 지방 법원에서 징역 7년 판결 언도*를 불복하고 복심 법원에 공소*하였으나, 역시 징역 7년 언도를 받고 서대문감옥으로 들어갔다.

엄동설한*에 자식을 잃고 집까지 잃은 김 소사는, 며느리와 손녀를 데리고 어느 집 사랑방을 얻어 설을 지냈다. 이렇게 된 후로 그립던 고향은 더욱 그리웠다. 고향으로 정 가고 싶은 날은 가슴이 짤짤하여 미칠 것 같다. 그러다가도 아들을 수천 리 밖 옥중에 집어넣고 거러지꼴로 고향 밟을 일을 생각하면, 불길같이 치밀던 망향심*은 패배의 한탄에 눌렸다. 더구나 나날이 '아버지'를 부르는 몽주 모녀를 볼 때면 가긍스런* 감정이 오장을 슬슬 녹였다. 그는 마음을 어디다가 의지할 줄을 몰랐다. 의복도 없거니와 양식이 떨어져서, 며느리와 시어미는 남의 집 방아를 찧어주며 불도 때어주고 기한을 면하였다. 원래 그리 순순치* 않던 며느리는 공연히 생트집 잡는 것과 종알종알하는 것이 나날이 심하였다. 김 소사에

• **언도** 공판정에서 재판장이 판결을 알리는 일.
• **공소** 공적으로 하소연함. 검사가 법원에 특정 형사 사건의 재판을 청구함. 또는 그런 일.
• **엄동설한** 눈 내리는 깊은 겨울의 심한 추위.
• **망향심** 고향을 그리워하며 생각하는 마음.
• **가긍스럽다** 불쌍하고 가여운 데가 있다.
• **순순하다** 성질이나 태도가 매우 고분고분하고 온순하다.

게는 이것이 설상가상이었다. 하루는 만수 아내가 부엌에서 불을 땔 때다가 무엇이 골이 났는지,

"이 망할 갓난년아! 네 아비 따위가 남의 애를 말리더니*, 너도 또 못 견디게 구누나."

하는 독살스런* 소리와 같이 몽주의 울음소리가 들린다. 어린것은 송곳에 뿍 찔린 듯이 목청이 찢어지게 소리를 지른다. 마당에서 눈 속에 묻힌 짚 부스러기를 들추어 모으던 김 소사는 넋 없이 부엌으로 뛰어갔다. 치마도 못 얻어 입고 아랫도리가 뻘건 몽주는 부엌 앞에 주저앉은 대로 얼굴이 까맣게 질려서 주먹을 부르르 떨면서 입을 딱 벌렸다.

"에구 몽주야! 어째 우니?"

김 소사는 벌벌 떨면서 몽주를 안았다.

"이 사람아! 어린것에게 무슨 죄 있는가?"

김 소사는 며느리의 눈치를 흘끔 보았다.

"애를 말리는 거야 죽어도 좋지, 무슨!"

하고 며느리는 꽥 소리를 치더니,

"이런 망할 년의 팔자가 어디 있누? 시집을 와서 빌어먹으니, 에구 실루 기막혀서……."

* **애 말리다** 남을 안타깝고 속이 상하게 만들다.
* **독살스럽다** 성품이나 행동이 살기가 있고 악독한 데가 있다.

하면서 부지깽이˚가 부러져라 하고 나무를 끌어서 아궁이에 쓸어 넣는다.

'시집을 와서 빌어먹어' 하는 소리에 가슴이 묵직하고 죄송스런 듯도 하며 부끄러운 듯도 하여, 며느리의 낯을 다시 쳐다 못 보았다.

이해 이월 그믐 어느 추운 날 새벽이었다.

"엄마야! 엄마야!"

몽주의 어미 부르는 소리에 눈을 뜬 김 소사는 부―연 눈을 비비면서 아랫목을 보았다. 먼동이 텄는지 방 안이 훤한데, 몽주는 홀로 누워서 엄마를 부르며 운다. 김 소사는,

"우지 마라. 엄마가 뒷간에 간 게다."

하면서 몽주를 끌어 잡아당겼다. 몽주는 그저 발버둥을 치면서 운다. 눈을 감았던 김 소사는 다시 눈을 떴다. 방 안을 다시 돌아본 김 소사의 마음은 어수선하였다. 그는 또 눈을 비비면서 방 안을 다시 돌아보았다. 선잠에 흐릿하던 그의 눈에는 의심의 빛이 농후하게 얼른거린다. 그는 벌떡 일어나서 아랫목을 또 보았다. 며느리가 뒷간으로 갔으면 덮고 자던 포대기가 있을 터인데, 포대기가 없다. 김 소사는 치마도 입지 않고 마당에 나섰다. 쌀쌀한 눈바람은 으스스한 그의 몸에 스며든다. 그는 사면을 두루두루 보면서

• **부지깽이** 아궁이 따위에 불을 땔 때에, 불을 헤치거나 끌어내거나 거두어 넣거나 하는 데 쓰는 가느스름한 막대기.

뒷간으로 갔다. 며느리는 뒷간에 없다. 여러 집은 아직 고요하다. 추운 줄도 모르고 이 구석 저 구석 돌아다니면서 기웃기웃하던 김 소사는 몽주의 울음소리에 비로소 정신을 차린 듯이 집 안으로 뛰어 들어갔다.

…… 만수의 처는 갔다. 만수 처가 어떤 사내를 따라 아령으로 가더란 소리는 한 달 후에 있었다.

김 소사는 현실을 저주하는 광인 같았다. 몽주가 "엄마! 저즈!" 할 때마다 그의 머리카락은 더 세었다. 그는 며느리의 소위*를 조금도 그르다고 생각지 않았다. 몽주의 정상*을 생각하는 순간에 며느리를 야속히 생각하다가도, 자기 곁에서 덜덜 떨고 꼴꼴 주리던 것을 생각하고는 어디를 가든지 뜨뜻이 먹고 지내라고 빌었다. 며느리가 "나는 가오." 외치면서 가는 것을 보았더라도 김 소사는 억지로 붙잡지는 않았을 것이다.

김 소사는 매일 손녀를 업고 이 집 저 집으로 돌아다니면서 입에 풀칠을 하였다. 하루 이틀 지나서 달이 넘으니, 동리에서도 그를 별로 동정치 않았다.

어지러운 물결 위에 선 김 소사는 그래도 살려고 하였다. 죽으려고 하지 않았다. 세상을 원망하고 자기의 운명을 저주하면서도

• **소위** 이미 해놓은 일이나 짓.
• **정상** 딱하거나 가엾은 상태.

152

살려고 하였다. 그는 죽음을 생각할 때 이를 갈았고, 천지신명에게 '십 년만 더 살아지이다'고 빌었다. 그는 죽음을 두려워서 그러는 것이 아니라, 아들의 출옥을 보려 함이며 어린 손녀를 기르려 함이다. 아들의 출옥을 못 보거나 어린 손녀를 두고 죽기는 너무나 미련이 많다. 그러나 그는 금년이 환갑인 자기를 생각할 때 발하는 줄 모르게 탄식을 발하였다.

김 소사는 이 집 저 집으로 돌아다니면서 노자를 얻어가지고 고향으로 떠났다. 고향에 있는 딸에게 편지하면 노자는 보내었을 것이나, 딸도 넉넉지 못하게 사는 줄을 잘 아는 김 소사는 차마 노자를 보내라는 말이 나오지 않았다.

팔월 열이튿날이었다. 김 소사는 몽주를 뒤집어 업고 왕청을 떠나서 고향으로 향하였다. 떠난 지 사흘 만에 용정에 이르러서 차를 타고 도문강안(圖們江岸)°에 내려서 강을 건넜다. 상삼봉(上三峰)°에서 하룻밤을 자고 이튿날 아침 차로 어제 석양에 청진 내려서 곧 남향선을 탔다. 배에서 하룻밤을 지내는 새에 그러한 갖은 신고°를 하다가 지금 고향 부두에 상륙하였다.

청진서 전보를 하였더니 운경이가 부두까지 나왔다. 출옥되어 고향에 돌아와 있는 김경석이와 생명보험회사에 있는 황창룡이도

- **도문강안** 두만강 기슭. '도문강'은 '두만강'을 달리 이르는 말.
- **상삼봉** 함경북도 종성군의 두만강 연안에 위치한 지역.
- **신고** 괴롭고 고생스럽게 애를 씀.

부두까지 나왔다.

　김 소사의 모녀는 붙잡고 울었다. 김 소사는 목이 메어서 킥킥하거니와 운경이는 어린애처럼 목을 놓아 운다. 눈물에 앞이 흐린 두 모녀의 눈에는 똑같이 6년 전 오월 김 소사가 고향을 떠나던 날 밤이 떠올랐다. 아― 그때에 그 많던 전송객은 어디로 다 갔는가? 오늘에 김 소사를 맞아주는 것은 그 딸 운경이와 만수의 친구인 경석이와 창룡이와 세 사람뿐이다.

　'6년 전에 그 광경! 6년 후 오늘에는 그것이 한 꿈이었다. 아― 꿈! 내가…… 고향에 와 선 것도 꿈이 아닌가?'

　김 소사는 이렇게 생각하였다.

　"만수가 있었다면 자네들을 보고 얼마나 반가워하겠나?"

　김 소사는 말을 못 마치고 두 청년을 보면서 울었다. 경석이와 창룡이는 고요히 머리를 숙였다. 뜨거운 볕은 그네들 머리 뒤에 빛났다. 바다에서 스쳐 오는 바람과 물소리는 서늘하였다.

　"몽주야 내가 업자. 할머니 허리 아파서……."

　운경이는 김 소사에게 업힌 몽주를 끄집어 내리려고 하였다.

　"응, 그러자 몽주야. 저 엄마께 업혀라. 내가 어지러워서."

　김 소사는 몽주를 싸 업고 있던 포대기 끈을 풀려고 하였다. 몽주는 몸을 틀고 할머니의 두 어깨를 꼭 잡으면서 킹킹 운다.

　"야― 또 울음을 내면 큰일이다. 어서 보퉁이나 들어라."

　김 소사는 운경이를 돌아다보았다. 운경이는 그저,

"몽주가 곱지. 울지 마라, 내가 업지."

하면서 몽주의 머리를 쓰다듬었다.

"야, 울지 마라. 그 엄마 안 업는다."

김 소사는 몽주를 얼싸 추켜 업더니 다시,

"어서 걸어라. 낯이 설어서 그런다."

하면서 운경이를 본다.

"에마나(계집애)두! 아무 푸접°두 없고나!"

운경이는 몽주를 흘끔 가로보면서 보퉁이를 머리에 이었다. 몽주는 운경이가 소리를 빽 지르면서 흘끔 가로보는 것을 보더니 또 비죽비죽 섧게섧게 운다.

"엑 이년아! 아이를 어째 욕하니? 그 엄마 밉다. 몽주야 울지 마라."

김 소사는 운경이를 치는 척하면서 손을 돌리다가 몽주의 궁뎅이를 툭툭 가볍게 쳤다. 몽주는 흑흑 느끼면서 울음을 그쳤다.

"흐흐흐. 고것두 설은 줄을 다 아는가."

운경이는 몽주를 귀여운 듯이 돌아다보고는 앞서서 걸었다. 두 청년도 뒤미처 걸었다.

아침때가 훨씬 겨운° 햇빛은 뜨겁게 그네의 등을 지지었다. 물

• **푸접** 남에게 인정이나 붙임성, 포용성 따위를 가지고 대함. 또는 그런 태도나 상대.
• **겹다** 때가 지나거나 기울어서 늦다.

가에 밀려들었다가 물러가는 잔물결 소리는 고요하였다.

걸치기고개 쪽에서는 우루루 우루루 하는 기차 소리가 연방 들린다.

본정* 좌우에 벌려 있는 일본 상점은 난리 뒤와 같이 쓸쓸하였다. 짐을 산같이 실은 우차*가 느럭느럭* 부두를 향하고 간다. 자전거가 두서너 채나 한가롭게 지나가고 지나온다. 점점 올라오면서 사람의 왕래가 빈번하였다.

8

성진굽* 아래에는 정거장을 짓노라고 일꾼이 우물우물하여 분주하다.

일행은 본정을 지나서 한천교(漢川橋)에 다다랐다. 예서부터는 조선 사람 사는 곳이다. 일행은 작대기를 끊듯이 꼿꼿한 큰 거리 가운데로 걸었다. 좌우에 벌려 있는 조선 사람의 가겟방들은 고요하다. 점방 주인들은 이마에 땀이 번즈르하여 한가롭게 부채질을

• **본정** 한 도시의 중심이 되는 거리.
• **우차** 소가 끄는 수레.
• **느럭느럭** 말이나 행동이 퍽 느린 모양.
• **성진굽** 성진이 내려다보이는 높은 산의 고개.

하면서 거리에 지나가고 지나오는 사람을 물끄러미 본다. 6년 전에 보던 점방이며 사람들이 그저 많이 있다. 김 소사의 눈에는 이모든 사람이 유복하게 보였다. 크나 작으나 점방이라고 벌여놓고 얼굴에 기름이 번즈르하여 앉은 것이 자기에게 비기면 얼마나 행복스러울까? 자기도 고향에서 그네가 부럽잖게 살았다. 그러나 지금은 그네들보다 몇십 층 떨어져 선 것 같다. 만수와 함께 다니던 듯한 젊은 사람들이 늠름하게 가고 오는 것이 역시 심파(心波)*를 어지럽게 한다. 자취자취 추억의 슬픔이요, 소리소리 모욕 같았다.

"어머니! 성진이 퍽 변하였어요."

운경이는 김 소사를 돌아보면서 멋없이 웃는다.

"모르겠다."

하고 대답하는 김 소사는 차마 낯을 들고 걸을 수가 없었다. 낯익은 사람의 낯이 언뜻 보일 때마다 머리를 숙이거나 돌렸다. 의지 없는 거러지꼴을 그네들 눈에 보이기는 너무도 무엇하였다. 자기는 이 세상에서 아무 권리도 없는 비열하고 고독한 사람같이 생각된다.

'내가 왜 고향으로 왔누? 죽든지 그렇지 않으면 빌어먹더라도 멀찍이서 지내지! 무얼 하려고 이 꼴로 고향을 왔누!'

* **심파** 마음의 물결. 마음의 움직임.

그는 이렇게 속으로 여러 번 부르짖었다. 그럴 때마다 얼굴이 후끈후끈하고 전신이 길바닥으로 자지러져* 드는 듯하다.

'흥, 별소리를 다 한다. 아무개네는 나보다도 더 못되어서 돌아와서도 또 이전처럼 살더라.'

이렇게 자문자답으로 망하였다가 흥한 사람을 생각할 때면 자기도 그전 세상이 올 듯이도 생각되며, 인생이란 그런 것이거니 하는 한 숙명적인 자기심(自棄心)* 같기도 하고 자위심(自慰心)* 같기도 한 감정에 가슴이 퍽 평평하였다*.

"이게 누구요?"

"아, 만수 어머니요?"

"참 오래간만이오!"

지나가는 사람이며 점방에 앉았던 사람들이 뛰어나와서는 인사를 한다. 아무리 아니 보려고 외면을 하였으나 김 소사의 얼굴은 오래 인상을 준 그네의 눈을 속이지 못하였다.

"네, 그새 평안하시오?"

만나는 이들은 거의 묻는다. 그네들은 만수의 형편을 몰라서 묻는 것이나, 김 소사에게는 그것이 알고도 비웃는 소리 같았다. 또

· **자지러지다** 사람이 기운이 다하여 기절하듯이 쓰러지다.
· **자기심** 절망에 빠져 자신을 스스로 포기하고 돌아보지 않는 마음.
· **자위심** 스스로를 위로하는 마음.
· **평평하다** 예사롭고 평범하다.

그네에게 만수의 사정을 알리고도 싶지 않았다. 김 소사는 이러한 말을 들을 때마다 어찌 대답하면 좋을지 몰라서 주저주저하다가는,

"네. 뒤에 오음메!"

하고는 빨리빨리 걸었다. 북선 사진관 앞에 온 그네들은 왼편 골목으로 기울어져서 십여 보나 가다가 다시 바른편으로 통한 뒷거리로 올라가서 이전 수비대 앞 운경의 집으로 갔다.

"에구 멀기두 하다."

운경이는 마루에 보퉁이를 놓고 잠갔던 문을 훨훨 열어놓았다.

"월자 아비는 어디로 갔니?"

정주방으로 들어간 김 소사는 몽주를 내려놓으면서 운경이더러 물었다. 월자 아비는 운경의 남편이었다.

"애 아비는 밤낮 낚시질이라오. 오늘도 새벽 갔소."

운경이는 대답하면서 국수 사러 밖으로 나갔다. 마루에 앉았던 두 청년도 또 온다 하고 갔다.

"한마니, 이게 뭐냐? 웅? 한마니……."

몽주는 어느새 저편에 놓은 재봉침* 바퀴를 잡고 서서 벙긋벙긋 웃는다.

"에구 아서라. 바늘을 상할라? 이리 오너라, 에비 있다."

* **재봉침** 재봉틀.

159

김 소사는 걱정하면서 몽주를 오라고 손을 내밀었다.

"응, 에비 있니?"

몽주는 집으려는 패물을 빼앗긴 듯이 서먹하여 섰더니 "에비 에비" 하면서 지척지척˙ 걸어온다. 김 소사는 보퉁이 속에 손을 넣고 한참 움질움질하더니 벌건 사과를 집어내어서 몽주를 주었다. 몽주는 커다란 붉은 사과를 옴팍옴팍한˙ 두 손으로 움킨 채 야들한 붉은 입술에 꼭 대고 조그만 입을 아기죽하더니˙ 사과를 입술에서 떼었다. 벌건 사과에는 입술 대었던 데가 네모진 조그마한 잇자국이 났다. 몽주는 사과를 아기죽아기죽 먹었다.

"할머니 저즈……."

하면서 목을 갸우뚱하고 김 소사를 쳐다보면서 어려운 것을 애원하듯이 해죽해죽 웃는다.

"에구, 나지 않는 젖을 무슨 먹자구 하니?"

김 소사는 한숨을 쉬면서 무릎에 오르는 몽주에게 쭈굴쭈굴한 젖을 물렸다.

이날 밤부터 이전에 친히 지내던 이들이 김 소사도 찾아다니면서 만나보았다. 몇몇 늙은 사람 외에는 그를 그리 반갑게 여기지 않았다. 고향은 그를 조롱으로 접대하였다. 만나서는 거개 '허허'

• **지척지척** 힘없이 다리를 끌면서 억지로 걷는 모양.
• **옴팍옴팍하다** 가운데가 오목하게 쏙 들어간 데가 있다.
• **아기죽하다** 아기작거리다. 음식 따위를 입 안에 넣고 천천히 씹어 먹다.

하였으나, 김 소사의 생각하는 바와 같이 그 웃음 속에는 철창에 들어간 만수의 행위와 김 소사의 거지꼴을 조소하는 어두운 빛이 흘렀다. 만수의 친구 몇은 그것을 잘 알았다. 그네들은 진정으로 김 소사를 접대하였다. 창룡이와 경석이는 만수를 생각할 때마다 김 소사가 가긍하고', 가긍할수록 더욱 공경하고 싶었다. 운경이는 더 말할 것도 없거니와 사위도 그를 극진히 공경하였다. 그러나 김 소사는 항상 사위의 얼굴을 어렵게 쳐다보였다. 더욱 사돈을 대할 때면 조마조마한 마음을 어디다 비할 수 없었다. 철없는 몽주는 매일 '과자를 다구', '외'를 다구' 하고 졸랐다. 운경이는 돈푼이 생기면 월자는 못 사주어도 몽주는 과자를 사다 준다. 김 소사에게 이것이 또한 걱정이었다.

흐르는 세월은 김 소사를 위하여 조금도 쉬지 않았다. 마천령을 넘어 이산동 골을 스쳐 내리는 바람에 성진굽의 푸른 잎이 누른 물 들고 바다와 하늘에 찼던 안개가 훤하게 개더니 하룻밤 기러기 소리에 찬 서리가 내렸다.

아침저녁 서늘한 바람과 정오에 밝은 볕은 더위에 흐뭇한 신경을 올올이 씻어주는 듯하더니, 가을도 어느새 지나갔다. 펄펄 내리는 눈은 산과 들을 허옇게 덮었다. 사철 없이 굼실굼실하는 바

• **가긍하다** 불쌍하고 가엾다.
• **외** '오이'의 준말. '참외'의 방언.

다만이 검푸른 그 자태로 백옥천지* 속에서 으르레고* 있다. 갑자년 십일월 십오일이 되었다. 육십 년 전 이날 새벽에 김 소사는 이 세상에 처음 나왔다. 그의 고고성*은 의미가 심장하였을* 것이다.

운경이는 며칠 전부터 어머니의 환갑을 생각하였다. 그날그날을 겨우 살아가는 운경이로는 도리가 없었다. 사위도 말은 없으나 속으로 애썼다.

김 소사는 자기 환갑 걱정을 하지나 않나 하여 딸과 사위의 눈치만 보았다. 그는 환갑 쇠기를 원치 않았다. 구차한 딸에게 입신세 지는 것도 조마조마한데, 환갑 걱정까지 시키기는 자기가 너무도 미안스러웠다.

이날 아침에 운경이는 흰밥을 짓고 소고깃국을 끓였다. 이것도 운경의 집에서는 별식*이었다.

상을 받은 김 소사는 딸 몰래 한숨을 쉬었다. 참으려야 참을 수 없는 눈물이 눈 속에 솔솔 흐르고 목이 꽉꽉 메어서 밥이 넘어가지 않았다. 가까스로 넘긴 밥도 심사가 울렁울렁하여 목구멍으로 도로 치밀려 올라오는 듯하였다. 김 소사는 따뜻한 구들에 앉고 맛있는 음식을 입에 넣으며, 운경의 내외가 애쓰는 것이 미안하여

* **백옥천지** 백옥처럼 흰 눈으로 뒤덮인 세상.
* **으르레고** 정확한 뜻을 알 수 없음.
* **고고성** 아이가 세상에 나오면서 처음 우는 울음소리.
* **심장하다** 깊고 많은 뜻이 있다.
* **별식** 늘 먹는 음식과 다르게 만든 색다른 음식.

억지로 먹는 척하면서 몽주 입에도 떠 넣었다. 김 소사의 사색°을 살핀 운경이는,

"어머니, 많이 잡수. 몽주야, 너는 나와 먹자."

하면서 몽주를 끌어안았다.

"놓아두어라. 내가 이것을 다 먹겠니?"

그는 말 마치기 전에 눈물이 앞을 핑 가리어서 콧물을 쿨적 들이마시었다.

운경의 내외는 말없이 서로 얼굴을 쳐다보았다. 운경의 머리에는 자기가 어려서 어머니 생일에 떡 치고 돼지 잡던 기억이 어렴풋이 떠올랐다. 김 소사는 얼마 먹지 않고 술을 놓았다.

"어머니, 왜 잡숫잖습니까? 또 만수를 생각하는 겝니다, 하하."

사위는 억지로 웃었다.

"아니, 많이 먹었네."

김 소사는 담뱃대에 담배를 담았다.

이날 낮에 창룡의 내외는 떡국을 쑤어 왔다. 김 소사는 슬픈 중에도 기뻤다. 자기 환갑날을 위하여 누가 떡국을 쑤어 오리라고는 생각지 않았다. 김 소사는 창룡의 아내가 갖다 놓는 떡국 상을 일어서서 황송스럽게 두 손으로 받았다. 젊은 사람 앞에서 '네 네' 하고 공경을 부리는 김 소사의 모양이 창룡이와 경석의 눈에는 비

• **사색** 말과 얼굴빛.

열하고 측은하게 보였다. '아— 만수 군이 있어서 저 모양을 보았다면 피를 토하리……' 경석이는 이렇게 생각하면서 한숨을 쉬었다.

"어머니, 그냥 앉아 계십시오. 모두 자식의 친구가 아닙니까!"

창룡의 말.

김 소사는 창룡의 젊은 내외가 서로 웃고 새새거리면서* 정답게 지내는 것을 볼 때마다 가슴속이 답답하였다.

'오오, 내가 왜 만수를 장가보냈던구? 저렇게 저희끼리 만나서 정답게 살게 못 했던구? 싫어하는 장가를 내가 왜 보냈던구? 이 늙은것이 왜 아들의 말을 듣지 않았나! 그저 늙으면 죽어야 해! 우리 만수도 어디 쟤들만 못한가? 일찍 뉘*를 본댔더니, 뉘커녕 도로 앙화*를 받네! 글쎄 이 늙은것이 어쩌자고 그런 짓을 했누? 밥이 되든지 죽이 되든지 저 하는 대로 내버려두지!'

김 소사는 이러한 생각에 한참이나 멀거니 앉았었다. 경석이는 정다운 말로 김 소사를 위로하였다.

경석이는 처자도 없고 부모도 없고 집이 없고 직업도 없는 청년이다. 그는 일갓집에서 몸을 그날그날 지내간다. 그의 학식과 인격은 비범하다. 그가 만세를 부르고 감옥에 들어가고 감옥에서 나

- **새새거리다** 실없이 웃으며 가볍게 자꾸 지껄이다.
- **뉘** 자손에게 받는 덕.
- **앙화** 재앙과 고난.

164

온 후로 ××주의자가 되어 여러 방면으로 활동하게 되면서부터 당국의 검은손*이 등 뒤를 떠나지 않고 쫓아다녔다. 그것이 드디어 그로 하여금 직업장에서 구축*을 받게 하였다. 그는 굶거나 벗는 것을 염두에 두지 않았다. '감옥에 가면 공부하고, 나오면 또 주의* 선전한다'는 것이 그의 항다반* 하는 소리였다. 그의 기개를 안다는 사람들은 그 말을 믿는다.

김 소사의 앞에 앉은 경석의 신경은 또 비애와 의분에 들먹거렸다. 자기의 처지를 생각하든지 김 소사와 만수의 처지를 생각하면 슬펐다. 그 슬픔은 그 몇몇 사람의 처지에 대한 슬픔만이 아니었다. 그 몇몇 사람을 표본으로 온 세계를 미루어 생각할 때, 그는 주림과 벗음에 헐떡이는 수많은 생명 속에 앉은 듯하였다. 피기름*이 엉긴 비린내 속으로 처량히 흘러나오는 굶은 이의 노래가 귓가에 들리는 듯하며, 벌거벗고 얼음궁에 헤매며 짜릿짜릿한 신음 소리를 지르는 생령이 눈앞에 보이는 듯하였다. 눈을 번쩍 떴던 경석이는 입술을 꼭 깨물면서 눈을 감았다.

'아! 뛰어나가자! 저 소리를 어찌 앉아서 들으랴? 이 꼴을 어찌

- **검은손** 속셈이 음흉한 손길, 행동, 힘 따위를 비유적으로 이르는 말.
- **구축** 몰아서 쫓아냄.
- **주의** 굳게 지키는 주장이나 방침. 체계화된 이론이나 학설.
- **항다반** 항상 있는 차와 밥이라는 뜻으로, 항상 있어 이상하거나 신통할 것이 없음을 이르는 말.
- **피기름** 사람의 피와 기름.

보랴? 아, 가련한 생령아! 나도 너희와 같은 자리에 섰다. 만수도, 어머니도, 몽주도, 상진도……. 아니 전 조선이 그렇구나. 아! 이 역경을 부수지 않으면 우리 목에 ○○○○○○ 않으면 우리는 영영 이 속을 못 뛰어나리라. 뛰어나서자!'

이렇게 경석이는 가슴속으로 부르짖었다. 피는 질서 없이 뛰었다. 그는 눈을 뜨고 벌떡 일어나서 밖으로 나왔다. 쌀쌀한 겨울바람은 붉은 그의 여윈 낯을 스쳤다.

'흥, 세상은 만수를 조롱한다. 만수 어머니를 업수이본다*. 만수 어머니시여! 웃는 세상더러 '기껏 웃어라' 하옵소서. 어머니를 웃는 그네들에게 어머니보다 나은 것이 무엇이 있습니까? 아! 불쌍도 하지. 피 묻은 구렁으로 들어가는 그네들은 나오려는 사람을 웃는구나! 오오, 만수야! 내 아우야! 너는 선도자*다.'

눈을 밟으면서 내려오는 경석이는 이러한 생각에 골똘하여 몇 해 전 자기가 고생하던 감옥을 눈앞에 그려보았다. 그는 천사만념*에 발이 어디까지 온 것을 의식지 못하였다. 그는 머리를 번쩍 들었다. 어시장으로 지나온 그는 한천철교 아래까지 이르렀다. 퍼―런 얼음장 아래로 흐르는 물소리는 쿨렁쿨렁하는 것이 몹시 노한 듯하였다. 해는 벌써 서산에 뉘엿뉘엿 넘어간다.

· **업수이보다** 업신여기다. 깔보다.
· **선도자** 앞에 서서 인도하는 사람.
· **천사만념** 천 가지, 만 가지 생각. 이런저런 여러 가지 생각.

"아아, 조선의 해돋이여!"

석양빛을 보는 경석의 눈에서 흐르는 눈물은 온 얼음 세계를 녹일 듯이 뜨거웠다.

《탈출기》(문학과지성사, 2004)에 실린 작품을 바탕으로 함.

작품 이해하기

〈해돋이〉는 1926년 3월 《신민》 11호에 실린 단편소설이다. 작품 끝에 '어머니 회갑, 갑자 11월 15일 양주 봉선사에서'라고 적혀 있는 것으로 보아, 1924년에 쓰인 소설임을 알 수 있다. 최서해의 다른 작품들에 비해 이 소설은 별로 주목을 받지 못했지만, 간도 지역 독립군의 실상과 일제의 탄압 행각을 본격적으로 다룬 거의 유일한 작품이라, 문학사적으로 재평가되어야 할 작품임이 틀림없다. 작품 속에 ×××, △△, ○○ 등의 표시가 많은 것은 일제에 의해 검열을 받았기 때문이다. 그러한 부분을 제외하더라도 일제에 대한 반항적 태도가 곳곳에 녹아 있어, 놀라움과 감동을 주는 대표적 항일소설이라 할 수 있다.

이 소설은 독립운동가 아들 '만수'를 둔 여인 '김 소사'가 주인공인데, 최서해 어머니와 처지가 비슷하다. 고향을 떠났다가 다시 돌아온다는 점에서 회귀 구조라 할 수 있고, 과거 회상 장면이 큰 비중을 차지한다. 또한 전지적 작가가 다양한 인물의 내면 심리를 보여줌으로써 독립운동으로 인해 빚어지는 개인적·가정적·사회적 갈등을 입체적으로 전달하고 있다.

김 소사는 고향 땅으로 귀국하는 배 안에서 간도에서 있었던 일을 회상

한다. 아들이 독립군 활동을 하다가 붙잡혀 간 일, 며느리가 손녀를 두고 가출한 일 등 모두 한탄스러운 일뿐이다. 6년 만에 돌아온 고향은 별로 달라진 것이 없지만, 자신은 전 재산을 잃었으며 아들은 감옥에 가 있다. 자신을 극진히 모시는 딸 내외와 아들의 친구들 덕분에 따뜻한 회갑 생일상을 받지만, 김 소사는 그것이 불편하고 면목 없을 뿐이다. 이때 만수의 친구인 경석도 김 소사를 보며 감옥에 가 있는 만수를 생각하고, 요주의 인물로 총독부의 감시를 받고 있는 자신의 처지를 생각하며 울분을 터트린다. 경석은 정신없이 길을 걸으며, 무덤 같은 조선의 현실을 바꿔야 한다는 열망에 사로잡힌다. 그러다 문득 서산에 지는 일몰을 보며 조선의 일출(해돋이≒광복)을 부르짖는다. 독립군 아들을 둔 김 소사의 비극적 이야기를 통해 오히려 더 적극적인 독립투쟁 의지를 다지고 있는 작품이라고 할 수 있다.

작품 깊이읽기

독립군을 대하는 다양한 태도

이 소설은 단편소설임에도 길이가 길고 많은 인물이 등장한다. '만수'라는 독립운동가와 관계된 인물들이 저마다 다른 입장과 생각을 보여주고 있어, 독립운동가의 고충과 내적 갈등을 이해할 수 있게 해준다.

· 어머니 김 소사: 아들에 대한 사랑이 극진한 인물로, 독립운동보다는 아들의 안전이 최우선이다. 아들이 결혼하여 정착해 살기를 바랐지만, 나중에는 사이좋은 창룡 부부를 보며 억지로 결혼시킨 것을 후회한다.

· 아내: 남편에게 사랑받지도 못하고, 늙은 시어머니와 어린 딸을 키우며 고생하는 자신의 신세를 한탄하다가 어떤 사내와 바람이 나서 집을 나간다.

· 여동생 운경: 가진 것 하나 없이 돌아온 친엄마를 극진히 모시고, 자기 자식에게도 안 사주는 과자를 조카 몽주에게 사주며 오빠의 빈자리를 대신한다.

· 친구 경석: 만수와 뜻을 함께하며, 독립군을 조롱하는 사람들에 대한 반

감을 가지고 있다. 독립의 필요성을 깨닫지 못하는 사람들이 많은 현실을 개탄하며 조선의 독립을 부르짖는다.

- 친일파 돌쇠, 변절자 김필현: 만수에게 일본어를 배운 돌쇠는 일제의 앞잡이가 되어 조선인을 수색하고, 함께 독립운동을 했던 김필현은 180도로 변절하여 독립군 소탕 작전에 뛰어든다. 조선인이지만 자신의 이익을 위해 동포를 팔아넘기는 친일파를 대표하는 인물들이다.

만수의 갈등과 선택

만수는 식민지 조선의 현실을 바꿔보고자 간도로 떠나려 했으나, 어머니 김소사의 만류에 내적 갈등을 일으킨다. 만수는 어머니에 대해 고마움과 원망이라는 양가적 감정을 느끼고 있는데, 길러주신 것은 고맙지만 전근대적 사고방식을 지닌 어머니 때문에 유학도 가지 못하고, 가기 싫은 장가도 억지로 갔기 때문이다. 넓은 세계를 동경했던 만수는 간도에서 독립운동을 함으로써 비로소 국가와 사회에 쓸모 있는 사람이 되고자 했던 것이지만, 이번에도 김 소사가 걸림돌이 되었다. 더구나 어머니가 간도까지 따라가겠다고 나서자, 만수는 어머니를 칼로 찌르고 자신 또한 죽어버리고 싶다는 생각까지 하게 된다. 만수가 이렇게 극단적인 생각까지 하게 된 것은 충(忠)을 위한 길과 효(孝)를 위한 길이 양립 불가능하며, 어떠한 가치도 쉽게 버릴 수 있는 것이 아니기 때문일 것이다. 결국 만수는 어머니의 심정을 헤아려 함께 간도로 가게 되는데, 일종의 절충안을 선택한 셈이다. 시간이 흘러 변절한 동료가 일본 순사와 함께 자신을 잡으러 왔을 때 만수는 가족들이 다칠까 봐 순순히 자수하는데, 이 장면에서 만수가 가족 없이 훌훌 떠나고자 했던 이유를 알 수 있다. 독립운동은 나라와 가족을 위한 일이지만, 역설적으로 가족을 위험에 빠트릴 수 있는 일이었던 것이다.

제목 '해돋이'와 결말의 의미

만수와 독립의 뜻을 함께하는 친구 경석은 마지막 장면에서 울분을 이기지 못하고 거리로 뛰쳐나온다. 거세게 흐르는 강물 소리와 붉은 노을은 만수의 독립에 대한 열망을 일깨운다. 해가 지고 있는 모습을 보며 그것이 조선의 해돋이라고 울부짖게 되는데, '해가 지다'를 한자로 쓰면 '일몰(日沒)'이 된다. 일본이 몰락해야 조선의 태양이 뜬다는 메시지를 제목과 결말에 숨겨놓음으로써, 독립에 대한 의지를 고취하고 있는 것이다.

이러한 메시지는 매우 위험한 것인데도 일제의 검열을 피할 수 있었던 것은, 전체적인 줄거리가 '김 소사'의 귀향 이야기에 초점이 맞춰져 있고, 문제시되는 장면들을 이리저리 흩뿌려 놓았기 때문이다. 일제의 입장에서는 독립운동가 아들을 둔 어머니의 삶이 얼마나 처참한지를 보여주고, 또 독립군이 일본 순사에게 체포당하는 모습을 보여주어 독립운동의 위험성을 알릴 수 있다고 생각했을지도 모른다. 또한 작품 초반에 우는 아이에게 과자를 내어주는 친절한 일본인의 모습을 집어넣어 검열자를 방심하게 했을 수도 있다. 하지만 이 작품의 모든 서술은 경석이가 '일몰'을 보고 '일출'을 떠올리는 장면을 위해 달려간 것이며, 겉으로 드러난 언어 표현상으로는 아무런 문제가 없기 때문에 검열을 피해갈 수 있었던 것이 아닐까 싶다. 참으로 영리한 소설 쓰기였던 셈이다.

두 편의 삭제 소설

〈해돋이〉가 일제의 검열을 영리하게 피해간 작품이라고 말할 수 있는 이유는, 비슷한 시기에 발표한 작품 중 일제의 검열로 삭제나 압수를 당한 것이 있기 때문이다. 《현대평론》1927년 5월호에서 압수된 작품 〈이중〉과 《신민》1927년 7월호에서 압수된 〈박 노인 이야기〉가 그것이다.

〈이중〉은 집이 없어 일본인들이 사는 마을로 이사 온 부부가 일본인이 경영하는 목욕탕에 갔다가 조선인이라는 이유로 쫓겨난 사건을 그림으로써, 집 없는 설움과 민족 차별을 겪는 조선인들의 이중고를 고발하고 있다. 〈박 노인 이야기〉는 조선인이면서 일본인 행세를 하는 양복 신사가 자기 자전거에 치인 노인을 함부로 대하자, 어떤 양복 청년이 나타나 그 사람을 혼쭐낸다는 이야기다.

양복 청년은 일동에 대해, "시골의 여러분은 무엇보다도 먼저 비굴한 마음을 버리지 않으면 안 됩니다, 우리도 당당한 인격을 지닌 사람이라는 것을 알아야 합니다. 무조건 이런 가짜 영감상에게 (진짜 영감상이라고 해도) 굴복하기만 한다면, 여러분은 모두 파멸의 구렁에 설 수밖에 없는 것입니다."라고 말한다. 이 말을 들은 일동은 크게 깨닫고 감복했다. 사람들은 "그놈을 밟아 죽여라, 때려 죽여라."라고 외쳤다.

최서해, 〈박 노인 이야기〉에서

양복 청년은 일본인을 사칭하고 행패를 부리는 조선인을 꾸짖을 뿐만 아니라 조선인들의 일본에 대한 굴욕적 태도를 꾸짖으며 자존심을 지켜내자고 이야기한다. 독자들의 민족정신을 직접적으로 일깨우고 있어 압수 조치를 당했고, 지금은 소설의 전문이 아닌 줄거리만 전하고 있다.

생각해 볼 만한 질문

- 만수는 왜 어머니를 떼어놓고 간도로 가고 싶었을까?
- 만수가 잡혔을 때 가장 후회스러워 한 일은 무엇이었나?
- 만수가 독립운동에 그렇게 열정을 쏟아부은 이유는 무엇일까? 개인적 욕망과 사회적 필요로 구분해서 생각해 보자.
- 독립운동을 하는 사람들을 비웃는 사람들의 심리는 무엇일까?
- 보통의 일본 백성들은 조선인을 어떠한 태도로 대했을까?
- 일제의 검열에 의해 삭제된 단어들은 어떤 것이었을지 추측하여 문장을 완성해 보자.
- 집 나간 아내는 어떠한 내적 갈등을 했을지 추측해 보자. 아내가 중시한 가

치는 무엇이었을까?

- 어머니와 아내, 자식을 두고 독립운동을 하러 다닌 만수는 어떤 내적 갈등을 가지고 있었을까? 만수가 중시한 가치는 무엇이었을까?

- 자신을 일본 검열관이라 생각하고, 이 소설에서 거슬리는 부분은 어디인지 찾아보자.

랄 출 기

홍 염

해 돐 이

무서운 인상

무서운 인상

1

나는 이렇게 벌이를 쫓아서, 어제는 서쪽으로 불리고 오늘은 동쪽으로 흐르게 되는 신세가 되니, 가지각색의 고생도 고생이려니와 별별 흉하고 무서운 일도 많이 보게 됩니다.

　지금 여기 쓰는 것도 그렇게 돌아다니다가 목도한˚ 사실인데, 내가 본 여러 가지 인상 가운데서 가장 무서운 인상이라고 생각합니다. 이것은 나만 그런 것이 아니라 나와 같이 그때 그 광경을 목도한 친구들은 대개 처음 보는 참혹한 일이요, 지금까지도 잊히지 않는다고 합니다. 참말이지 지금도 그 생각이 머리에 번쩍하면, 그때 광경이 뚜렷이 눈앞에 떠올라서 소름이 쪽 끼치면서 눈이 저절로 감기어집니다. 그러나 그뿐입니까? 그 때문에 세상에 기계라는 기계와 쟁기라는 쟁기는 다 미워진 것도 그 때문입니다.

　그것은 다른 일이 아니라 여러분도 아시는 일이라고 믿습니다.

˚ **목도하다** 눈으로 직접 보다.

작년 이때 함경북도 ××역에서 콩을 쓸던 늙은 부인이 기차에 치어서 죽었다는 보도가 신문지상에 굉장히 났던 것은 여러분도 기억하실 것입니다. 여기 쓰는 것은 그것인데, 그 광경을 나는 그때 ××역의 노동자로서 친히 목도하였습니다.

아이그 무섭기도 하더니……

2

작년 가을에 나는 ××역에서 수백 명 노동자들과 함께 정거장 노동을 하였습니다. 그래 매일 아침 일곱 시나 일곱 시 반에, 정거장 넓으나 넓은 홈*에 나가서는 기차에 짐을 싣기도 하고 기차에서 짐을 풀기도 하여 '치기영' 소리가 입에서 떠날 새 없이 부지런히 일하다가는 저녁에 해가 져서 하숙을 돌아갔습니다. 이렇게 다니는 우리 노동자와 같이 정거장에 나다니는 일꾼이 있었습니다. 그것은 '콩쓸이*'들이었습니다.

여러분도 아시는 바와 같이 ××역은 북조선 관문이 되어서 간도로부터 나오는 곡식이 전부 그리로 경유합니다. 그런 까닭에 가

• **홈** 플랫폼. 역에서 기차를 타고 내리는 곳.
• **콩쓸이** 역이나 부두, 창고 따위에서 홀린 콩이나 그 밖의 낱알을 쓸어 모아 주고 살아가는 사람.

을, 겨울, 봄, 한창 곡식이 나오는 때가 되면 간도서 마차에 실어 내는 곡식이 ××정거장에 산더미같이 쌓이어서 발을 옮기어 디딜 수 없게 됩니다. 이렇게 되면 터지는 곡식 섬*이 적지 않아서 조, 콩부터가 땅바닥에 수북이 흐릅니다. 그런 것을 보면 세상에는 밥 굶는 사람이 있다는 것이 거짓말같이 생각되지요. 어떤 때는 궂은비, 찬 눈을 맞아가면서 목구멍* 때문에 껄떡거리는* 우리네 짓이 우습기도 합니다.

그렇게 땅바닥에 흐르는 곡식을 쓸어 모으는 것이 콩쓸이의 직무입니다. 그것도 콩쓸이의 자유로 하는 것이 아니요, 감독의 명령 아래서 움직이게 됩니다. 내가 ××역에 있을 때에는 김 서방이란 자가 콩쓸이 감독으로 있었습니다. 그는 그때 삼십이 될락 말락 한, 눈이 똥그랗고 얼굴빛이 거뭇하며 입술이 갈잎 같은 사람인데, 곡식 장사와 정거장에 알랑거리고, 지금 만 호 장안을 들썩하는 부협의원* 운동 이상의 운동으로 하여 '콩쓸이 감독'이라는 직함을 얻게 된 것이었습니다. 콩쓸이 감독의 사무는 아침에 일찍 나와서 곡식 도적놈이 없는가 하고 정거장을 돌아보고는 군

- **섬** 부피의 단위. 곡식, 가루, 액체 따위의 부피를 잴 때 쓴다. 한 섬은 한 말의 열 배로 약 180 리터에 해당한다.
- **목구멍** '먹을 것', '먹고사는 일'을 비유적으로 이르는 말로 쓰임.
- **껄떡거리다** 음식이나 재물 따위를 얻으려고 자꾸 치사하고 구차스럽게 굴다.
- **부협의원** 오늘날의 시의원에 해당하는 관직. '부(府)'는 일제강점기에 군(郡)보다 위의 등급으로 설치한 지방 행정구역으로, 전국 열두 곳에 두었다.

졸 콩쓸이들이 콩 쓰는 것을 봅니다. 그러고는 노동자들이 모이는 청방에 자빠져서 불도 쪼이고 담배도 피웁니다.

조나 팥도 쓸지만 콩을 많이 쓸게 되는 까닭에 '콩쓸이'라는 이름을 가진 군사들 가운데는 늙은이, 젊은이, 어른, 아이, 계집, 사내 이렇게 있는데, 그네들은 헌 누더기를 등과 허리에 걸치고 시린 손을 훅훅 불면서 곡식을 쓸어서는 감독과 절반씩 나눕니다.

이러한 콩쓸이 가운데 봉준 어머니라고 그때 칠십이 가까운 노파가 있었습니다. 나이 어려도 반질반질해서 미동°이 될 만하고, 젊어도 좀 태도가 있고 외모가 똑똑하고 감독의 말을 잘 복종하는 계집이래야 콩쓸이 군사로서의 자격을 얻는 것이고, 그 밖에는 소개가 든든해야 늙은이가 들어가는 터이라. 이 봉준 어머니는 여러 노동자의 힘으로 3년 동안이나 무사히 콩쓸이 군사로서 감독에게 쫓기지 않았습니다. 그는 퍽 침착하고 부지런하였습니다. 그러나 게으르고 말이 많았습니다. 그때 그의 머리는 백발이 성성한데, 머리는 늘 체머리° 흔들흔들 떨었습니다. 그리고 주름이 그득한 낯에는 웃음이 흐른 때가 없었으며, 눈이 어두워서 어떤 때는 돌을 콩이라고 주운 일이 있었습니다. 몹시 추운 날에는 허리에 포대기를 두르고 손에 버선을 끼고 정거장으로 어청어청° 나왔습니

• **미동** 얼굴이 예쁘게 생긴 아이.
• **체머리** 머리가 저절로 계속하여 흔들리는 병적 현상. 또는 그런 현상을 보이는 머리.
• **어청어청** 이리저리 천천히 걷는 모양.

다. 말없이 빗자루와 자루를 들고 어청어청 다니다, 붙으면* 해가 어찌 가는 줄을 모르고 콩을 쓸지만, 한번 퍼버리고* 앉아서 먼 산을 뚫어지게 보면서 무엇을 생각한다든지 또는 우리가 쉬는 청집에 들어와서 난롯불을 쬐면서 이야기를 시작하면, 죽은 아들 이야기, 늙은 신세타령에 시간 가는 줄 몰랐습니다. 이 때문에 감독은 은근히 이마를 찌푸리고 꿍얼거렸지만, 여러 노동자의 입이 무서워서 봉준 어머니를 괄시* 치 못하였습니다.

일기가 사나운 때면 노동자들은,

"어머니, 청방에 들어가서 불이나 쬐구 쓰시오."

하고 직접 봉준 어머니에게 권하기도 하고, 또 입살*이 좀 뻣뻣한 사람은,

"여보게, 감독 나리. 저 노친(함경도서는 늙은이는 사내나 계집이나 간에 노친이라 함)을 좀 쉬도록 하게나."

하고 감독에게 톡 쏩니다. 그리고 점심을 먹을 때에 그 노파가 눈에 띄면 나눠 먹는 것이 예사였습니다.

그러면 노파는 황송무지*라는 표정으로 불도 쬐고 밥도 먹지만, 어떤 때는 공연히 성이 잔뜩 나서,

- **붙다** 어떤 일에 나서다. 어떤 일에 매달리다.
- **퍼버리다** 퍼더버리다. 팔다리를 아무렇게나 편하게 뻗다.
- **괄시** 업신여겨 하찮게 대함.
- **입살** 악다구니가 세거나 센 입심.
- **황송무지** 분에 넘치도록 고맙기 그지없음.

"싫어. 누가 밥 먹자나!"

하고 저편으로 갑니다. 그러는 때마다 노동자들은,

"또 정신 나갔군! 하하."

하고 웃어버립니다.

"봉준이 있으면 얼마나 가슴이 아프리?"

"우리네들은 다 그런 신세지, 별수가 있는 줄 아나? 허, 그 사람."

이렇게 서로 기막힌 듯이 뇌는° 노동자도 있었습니다.

나는 처음 가서는 그것이 무슨 의미의 소리인지, 또는 봉준 어머니가 누구인지 몰랐던 까닭에, 그런 꼴을 보거나 그런 소리를 듣더라도 별로 흥감°이 없었습니다. 그러다가 차츰 한 입 건너 두 입 건너 전하는 말을 듣고, 또 직접 봉준 어머니가 미친 이처럼 지껄이는 모양과 말에서 봉준 어머니의 생애를 알게 된 뒤로는, 그를 보는 때나 그의 말을 듣는 때마다 나로도 알 수 없이 가슴이 찌르르하였습니다.

실상 내가 그의 말로°를 끔찍하게 보게 된 것도 그의 생애를 안 까닭이겠지요. 그렇지 않아도 비참하고 무서운 그의 말로는, 그가 밟은 쓰라린 사실이 있는지라 더 힘있게 나의 머리에 박히어서

* **뇌다** 지나간 일이나 한 번 한 말을 여러 번 거듭 말하다.
* **흥감** 마음이 움직여 느낌.
* **말로** 사람의 일생 가운데에서 마지막 무렵.

좀처럼 잊히지 않습니다. 그러므로 나는 이제 그의 말로를 쓰려는 데 이르러서 그것을 더욱 힘있고 인상이 깊게 하기 위하여 먼저 그의 지나온 일부터 쓰려고 합니다.

3

"세상은 괴롭다. 사람은 무상한 것이다."
하는 것은 누구나 항례*로 하는 말입니다. 우리는 보통 때에는 이 말을 그리 큰 느낌 없이 말하지만, 한번 괴롭고 쓰린 환경에서 헤아릴 수 없이 변하는 물결에 쪼들리는 인간을 볼 때면,
"세상은 괴롭다. 사람은 무상한 것이다."
하고 입으로만 부르짖는 것이 아니라 몸소 느끼게 되는 것입니다. 그것이 만일 우리와 처지를 같이한 사람이면 그 느낌은 더 굳세어져서 바로 내가 당하는 듯이 되는 것입니다. 나는 봉준 어머니를 생각하는 때마다 그렇습니다.

봉준 어머니는 그때 ××역에 간 지가 열한 해나 되었습니다. 그는 본래 강원도 어떤 산골 사람이었습니다. 그가 삼십이 가까워서 봉준이라는 아들을 낳았습니다. 그 아들 봉준이가 여덟 살 났

· **항례** 보통 있는 일.

을 때에 그의 남편, 즉 봉준 아버지가 ××역에 가서 노동판에 있었습니다. 그러나 봉준 어머니는 어린 아들을 데리고 농사도 짓고 닭도 쳐서 겨우 살아가면서 한 달에 한두 번씩 오는 남편의 편지를 무상의 기꺼움으로 받으면서 살았습니다.

…… 가을에는 간다, 봄에는 간다 하였더니 가을이 되고 봄이 되어도 바라는 돈은 손에 들어오지 않는구려. 그래도 그립지 않은 바는 아니나, 봉준의 생각이 가슴에 맺히어서 참말 한시가 새롭소. 여름은 어떻게 지내었으며 겨울은 어떻게 나는지, 천리에서 돌아가는 구름에 맘만 죄일 뿐이오.

집을 나설 때는 한 푼이라도 모아서 남의 빚을 갚고 그놈의 돈단련° 없이 편한 백성이 되렸더니, 어디 그렇게 돼야지요? 아무쪼록 봉준이를 데리고 과히 걱정치 말으오……

봉준 어머니에게 가는 봉준 아버지의 편지는 대개 위와 같았습니다. 그리고 어떤 때는 돈도 몇 원씩 보내었습니다. 돈이 오고 편지 올 때마다 봉준이는,

"엄마, 아버지 계신 데는 어데요?"

하고 물었습니다. 그러면 어머니는,

• **돈단련** 돈 때문에 무시를 당하거나 푸대접을 받는 일.

"저 ××역이란다."

하고 봉준이가 귀여워서 웃었습니다.

"××역이 어덴가?"

"응, 저 백두산 있는데…… 아주 하늘 지경* 밑이란다."

"나는 아버지를 찾아가겠어요."

말끝에 이러한 어린 봉준의 말이 나오는 때마다 그 어머니는 한숨을 지었습니다. 그러니 그 어머니의 남편 그리는 맘은 얼마나 하겠습니까? 눈이나 뿌리는 때면 남편이 춥게나 자지 않는가, 비오는 때면 남편의 옷이 젖지나 않는가? 갈바람 낙엽 소리에도 남편이 오는가 잠을 깨고, 달밤 기러기 소리에도 눈물로 밤을 새웠습니다.

이러는 사이에 흐르는 물같이 가고 올 줄 모르는 세월은 5년이나 되어서, 봉준의 나이 열두 살이나 되었습니다. 이렇게 봉준이가 열둘이던 해 봄이었습니다. 닥쳐오는 불행한 운수는 드디어 큰 자국을 내었습니다. 그것은 봉준 아버지가 관격*이 되어서 죽었다는 부고*였습니다. 모든 괴롬과 억울을 참으면서 오직 그 남편의 금의환향을 바라던 봉준 어머니의 가슴은 어떠하였겠습니까? 두

• **지경** 나라나 지역 따위의 구간을 가르는 경계.
• **관격** 먹은 음식이 갑자기 체하여 가슴 속이 막히고 위로는 계속 토하며 아래로는 대소변이 통하지 않는 위급한 증상.
• **부고** 사람의 죽음을 알림. 또는 그런 글.

모자는 소슬한* 가을바람 속에서 쓸쓸히 부딪치는 낙엽같이 서로 잡고 울다가, 두 모자는 빌어먹기로 결심하고 길을 떠나서 일 삭* 만에 ××역으로 갔습니다. 이렇게 작년으로부터 11년 전에 ×× 역으로 갔습니다.

끓어 부푸는 물과 같이 열도*가 극하면 전후를 헤아리지 않고 끓어오르다가도, 한번 어떠한 정도에 이르러서 떨어지게 되면 그만 식어져서 전후를 돌보게 되는 것이 사람의 맘이라고 할는지요. 처음에는 그립고 아섭고 원통한 맘에 설움이 극도로 복받쳐서 죽기 살기를 잊어버리고 두 모자는 빌어먹으면서 ××역까지 갔으나, 정작 다다라서 무덤을 보니 눈물밖에 별수가 없었습니다. 생활이라는 무서운 위협은 뒤를 이어서 두 모자의 머리를 굳세게 눌렀습니다. 물정에 서투른 봉준 어머니는 하는 수 없이 그 남편이 일하던 노동판을 찾아가서 여러 가지로 사정한 결과, 봉준이를 노동판에 넣기로 하였습니다.

어린 봉준이는 처음에는 장정들의 심부름으로 지내다가, 차츰 세월이 가서 십육칠 세가 되면서는 장정들과 같이 곡식 섬을 메었습니다. 처음에는 퍽 괴로워하여서 하루 일하고는 하루씩 몸살을 하였으나, 점점 단련이 되어서 일을 곧잘 하였습니다. 원래 위인

- **소슬하다** 으스스하고 쓸쓸하다.
- **일삭** 한 달. '삭'은 달을 세는 단위.
- **열도** 열의 도수.

이 순박하여서 퍽 부지런하고 영리하며 말을 잘 들었으며, 또 어머니도 여러 노동자들께 친절해서 봉준의 모자는 노동자의 후대˙를 입었습니다. 겨울에 날이나 추운 때면 봉준 어머니는 늘 토장국˙을 끓여다가 노동자들께 권하였습니다.

이렇게 지내다가 봉준이가 열아홉 살이 되어서 겨우 온전한 일꾼이 되고, 또 그 어머니의 팔자도 필 만하게 되었을 때였습니다. 하루는, 이른 봄 아직도 겨울 추위가 남았는데 노동자들은 영림창 서편 두만강가로 나무 실으러 갔습니다. 물론 봉준이도 그 축에 끼었습니다. 여러 노동자들은 트럭을 밀어다 놓고 산더미같이 쌓아놓은 무투˙를 목도˙에 떠서 트럭에 실었습니다.

"치기영, 치기영, 영치기, 영치기"

하면서 여러 노동자들은 두서 발˙ 되는 아름드리나무를 목도에 떠메고 미끌미끌하고 휘청휘청하는 높다란 발판으로 올라가서 트럭에 길이로 탕탕 싣습니다.

이렇게 목도를 (커다란 나무 양옆에서) 메인 것을 보면 지네나 노

- **후대** 아주 잘 대접함. 또는 그런 대접.
- **토장국** 된장국. 된장을 풀어서 끓인 국.
- **무투** 나무.
- **목도** 두 사람 이상이 짝이 되어, 무거운 물건이나 돌덩이를 얽어맨 밧줄에 몽둥이를 꿰어 어깨에 메고 나르는 일. 또는 목도할 때 짐을 걸어서 어깨에 메는 굵은 막대기.
- **발** 길이의 단위. 한 발은 두 팔을 양옆으로 펴서 벌렸을 때 한쪽 손끝에서 다른 쪽 손끝까지의 길이다.

래기의 발같이 사람이 조르르 선 것이 재미있다고 하는 이도 있지만, 우리네처럼 직접 당하게 되면 여간 괴로운 것이 아닙니다. 더군다나 휘청거리는 발판으로 올라갈 때면 아주 다리가 떨리어서 칠성판*에 선 것 같습니다. 그저 돈이지요. 돈! 돈! 돈! 그놈의 것 때문에 죽을 줄 알면서도 동지섣달 찬 바람에 얼어서 발붙일 수 없는 발판으로 크나큰 나무를 둘러메고 '항 항' 하면서 땀을 뻘뻘 흘리고 오릅니다. 우리의 주인공 봉준이도 이렇게 목구멍이 포도청*으로, 잔약한 어깨에 그것을 메고 올라갔습니다.

그때 봉준이와 같이 일하던 친구의 말을 들으면, 그렇게 발판으로 오르는데, "으악!" 하는 소리가 나자 '치기영' 소리가 뚝 그치면서 어깨에 붙었던 목도채*가 뒤통수를 자끈* 후리는 바람에 그만 미끄러지고 쓰러져서 그 높은 발판에서 떨어졌습니다. 아마 누가 실수를 해서 한 사람이 쓰러지는 바람에 모두 쓰러졌는가 봅니다. 워낙 목도라는 것은 그렇게 위태한 것입니다. 한 사람만 발을 잘못 디디어도 모두 휘우뚱거리게 되고, 한 사람만 실수해도 자빠지

- **칠성판** 시신을 눕히기 위해 관(棺) 속 바닥에 까는 얇은 널조각. 죽을 처지나 위험한 상태를 나타내는 말로도 쓰인다.
- **목구멍이 포도청** 먹고살기 어려워지면 자기도 모르는 순간 죄를 범하게 되어 포도청에 잡혀가게 된다는 말로, 먹고살기 위해서는 해서는 안 될 짓까지 하지 않을 수 없는 상황을 이르는 말.
- **목도채** 목도를 할 때 짐을 걸어서 어깨에 메는 굵은 막대기.
- **자끈** 세게 한 번 때리는 소리. 또는 그 모양.

고 뿌리어서˙ 상하게 됩니다. 그래서 서로 단속을 하고 서로 값없이 떠다니는 그 목숨이나마 주의를 합니다. 우리네가 '치기영' 부르는 것은 무슨 기꺼운 노래가 아니라 발 맞추는 행진곡이며 서로 힘을 돋우는 구령입니다. 이렇게 목도꾼 놈의 노래도 알고 보면 의미가 심장하지요. 요릿집이나 강당에서 편안히 앉아서 부르는 노래보다도 나은 때가 많지요.

이렇게 여러 노동자가 발판에서 떨어지는 바람에 그 크나큰 나무도 꽝 하고 언 땅에 떨어졌습니다. 아아, 나무가 떨어지는 곳에는 금방 발판으로 그 나무를 끄집어 올리던 노동자가 넷이나 치었습니다. 둘은 허리가 끊어지고, 하나는 가슴이 부서지고, 하나는 다리가 부러졌습니다. 다리가 부러진 사람은 곧 병원으로 보내었으나, 그것도 돈 없는 탓으로 치료가 불완전해서 사흘 만에 죽고, 가슴 부서진 사람과 허리가 끊어진 사람은 현장에서 즉사했습니다. 그 가운데는 과부의 외아들인 봉준이도 끼었습니다. 그는 허리가 부러져서 죽었습니다.

이런 이야기를 다른 친구가 할 때면 괜찮지만, 봉준 어머니 그 늙은 노파가 체머리를 흔들면서 눈물이 글썽글썽해서 목멘 소리로 말할 때면 참말 들을 수 없었습니다. 그는 그 아들의 죽던 전말˙

• **뿌리다** 흩어져 떨어지게 하다.
• **전말** 처음부터 끝까지 일이 진행되어 온 과정.

을 이야기하고는,

"에구, 하느님도 무정하시지. 글쎄 내 외아들을……. 제발 여보소…… 당신네들은 이 일을 마시우! 휴…… 이게 아니면 굶어 죽겠소? 제발 이 일을 마우……. 사람이 죽어도 좋은 죽음을 해야 하지, 그 몹쓸 봉준이 죽은 것을 보던 일을 생각하면(그는 눈앞에 그때가 보이는 듯이 몸소름°을 치면서)…… 에구 끔찍두 해서……. 내가 평생 남에게 못 할 짓을 안 했는데, 내 아들은 그렇게 죽었구려!"
하고 울었습니다. 그러고는,

"좋은 일을 하면 복을 받는다는 것두 거짓말이야……. 우리 남편이 객사°를 하구, 내 아들이 그렇게……. 그저 돈이야 돈! 나두 돈만 있어서 전장°이나 많이 가지구 편안히 있었으면 그런 일이 있을 리가 있소……. 휴…… 제발 당신네는 그저 처자와 부모를 생각하거든 이 일을 하지 마오."
하고 우리더러 극히 권하였습니다. 나는 그때 그 노파를 보고 그 노파의 소리를 들을 때마다, 보지도 못한 봉준의 그림자, 커다란 나무에 치어서 북국의 찬 바람에 시멘트같이 언 땅에 뜨겁고 붉은 피를 흘리고 허리 끊어져 죽은 봉준의 그림자가 보이었습니다. 지

• **몸소름** 소름. 춥거나 무섭거나 징그러울 때 살갗이 오그라들며 겉에 좁쌀 같은 것이 도톨도톨하게 돋는 것.
• **객사** 객지(자기 집을 멀리 떠나 있는 곳)에서 죽음.
• **전장** 개인이 소유하는 논밭.

금도 보이는 때가 있습니다. 그러다가도 그 그림자가, 봉준이가 변하여 내가 그렇게 치인 듯이 보이는 수가 있었습니다. 그리고 그 노파같이 헌 누더기에 싸이어서 울고 다니실 우리 어머니의 그림자가 눈앞에 떠오르는 때, 나는 그만 소리를 치고 하루바삐 그 위태한 노동의 굴레를 벗어버리고 싶었습니다. 그러나 하는 수 있어야지요. 밥이라는 시퍼런 위협을 무슨 수로 면하겠습니까?

그렇게 그 노파의 내력을 안 뒤로는 나도 다른 친구들과 같이 그 노파를 무심히 보지 않았습니다. 그것은 내가 의식적으로 무심히 보지 않으리라 해서 무심히 보지 않는 것이 아니라, 자연 그 노파를 대할 때면 나의 핏줄같이 켕기었습니다. 이것이 처지를 같이 한 까닭이겠지요. 다시 신식 말로 하면, 무산자˙가 무산자에게 대한 자연적 의식에서 흘러나오는 정이겠습니다.

동시에 봉준의 그림자는 나의 그림자 같고, 노파의 운명은 우리 어머니의 늘그막 운명을 가리키는 듯해서, 무어라 형용할 수 없는 감정에 가슴이 식을 새가 없었습니다. 이것은 나뿐이 아니라 나와 같이 일하던 친구들은 늘 그러한 감상을 말했습니다. 그러다가도 술을 마시고 유곽˙의 붉은 등 아래 붉은 웃음에 그 모든 것을 잊어버리려고 하는 것을 나는 많이 보았습니다. 그 밖에는 그네의, 즉

* **무산자** 재산이 없는 사람. 노동력을 팔아 생활하는 사람.
* **유곽** 몸 파는 여자들을 모아두고 몸 파는 영업을 하는 집. 또는 그런 집이 모여 있는 곳.

우리 노동자의 위안거리가 없으니깐요. 우리들은 가난한 가정에서 상놈이라는 명명 아래서 큰 까닭에, 공부라는 것이 어떤 것인지 학교 문 앞에도 못 가보았습니다. 우리는 무슨 주의가 무엇인지, 신문 잡지가 무엇인지, 강연회, 기도회…… 그런 것은 모릅니다. 모르니 취미가 붙어야지요? 그저 술을 마시어야 세상이 팥알 같고 괴롬이 스러지며, 늘 향긋한 계집의 살이 그립습니다. 언제 돈을 벌어서 소위 신식 양반들처럼 연애를 해보고 신가정을 이루어보겠습니까? 구가정도 못 이루는 우리는 유곽밖에……. 등심이 빠지도록* 번 돈으로 한 시간이나 하룻밤 동안 계집을 사는 수밖에 도리가 없습니다. 저축? 그것도 먹고 남아야 하지요. 금색*? 그것도 내 여편네가 있고서 할 일이겠지요. 그렇구말구요. 제 계집을 두고 유곽을 찾으며 첩을 두는 것이야 마땅히 금할 일이구말구요. 그런데 그네들이 도리어 우리를 경계하고 가르칩니다. 세상은 거꾸로 되는 판이지요.

말이 너무 왼길로 들어갔습니다*. 이제는 봉준 어머니의 약력을 대강 썼으니, 그의 말로*를 쓰겠습니다.

- **등심이 빠지다** 등골이 빠지다. 견디기 어려울 정도로 몹시 힘이 들다.
- **금색** 성관계를 맺는 것을 금함.
- **왼길로 들다** 중간에 다른 길로 새다.
- **말로** 사람의 일생 가운데에서 마지막 무렵.

4

그것이 음력으로 구월 스무날이라고 기억합니다.

새벽에는 잠잠하던 일기가 해돋이부터 바람이 나고 일기가 흐리기 시작하였습니다. 소대가리가 터진다는 ××역 바람은 간도를 거쳐서 나오는 바람이라 한번 일기 시작하면 우르릉우르릉하는 것이 천지가 금방 무너지는 것 같습니다. 게다가 눈까지 뿌리게 되면 바람발에 날리는 눈발이 낯을 쳐서 눈을 뜰 수 없이 됩니다. 가고 오는 마소까지 문득 서서는 뿌연 서리를 훅훅 뿜습니다. 그래도 말이나 소는 주인이 있어서 죽이라도 뜨뜻이 쑤어주고 등에 덤치°라도 걸쳐주지만, 우리네 노동자야 담박° 눈바람에 거꾸러진대야 뜨뜻한 물 한 술인들 그저 먹을 수 있어야지요. 눈이나 오고 바람이 불면 곡식이 젖어서 돈이 손해난다고 눈을 쓸리고 가방을 씨이고° 하여 우리네는 더 일하게 됩니다. 돈 아는 이들이야 우리네 목숨보다도 콩 한 섬을 더 중히 아는 터이니 물론 그러겠지만, 사람이 쓰려고 사람이 지어논 돈에 사람이 부려지게 되는 것을 생각하면 우리네 입에서 저주가 안 나올 수 없습니다.

- **덤치** 짚으로 엮어 짜 마소 등에 얹게 만든 것.
- **담박** 그 자리에서 바로.
- **가방을 씨이고** 정확한 뜻을 알 수 없지만, '길거리를 쓸게 하고' 정도의 뜻인 듯함.

이렇게 그때에도 그 눈보라를 무릅쓰고 추근추근한* 콩 섬을 메어서 한쪽에서는 트럭에 싣고 한쪽에서는 철도 창고에 들였습니다.

낮이 가까워서였습니다. 그 몹시 불던 바람은 즘즉하였으나* 눈은 점점 더 퍼부어서 삽시간에 세상은 뿌연 안개 속에 잠기었습니다. 이렇게 되니 차츰 뼈까지 사무치던 찬 기운은 풀리고 날씨가 푸근하여졌습니다.

점심때에 청방에 들어가서 점심을 먹고 앉아서 담배를 피우면서 머리도 없고 끝도 없는 이야기를 여전히 중언부언하는데*, 어떤 친구가 큰일이나 난 듯이 뛰어 들어오면서,

"여보게, 사람 죽었다네!"

하였습니다. 그 바람에 수수하던* 청방 안은 금시로 물이나 뿌린 듯이 고요해지면서,

"어디서?"

하고 뛰어든 친구의 낯을 보았습니다. 그 묻는 사람들의 낯빛은 놀라웁다는 것보다도 호기심에 흐리었습니다. 나도 그 죽음이 예사의 죽음은 아니라고 직각*은 하였지만 그렇게 놀라지 않았습니다.

"응, 저기서 지금 기차에 치었다나?"

* **추근추근하다** 매우 축축하다.
* **즘즉하다** 정도가 웬만하다.
* **중언부언하다** 이미 한 말을 자꾸 되풀이하다.
* **수수하다** 시끄럽고 떠들썩하여 뒤숭숭하고 정신이 어지럽다.
* **직각** 보거나 듣는 즉시 곧바로 깨달음.

뛰어든 친구는 찬 바람에 언 뺨을 만지면서 무슨 자랑 비슷하게 말하면서 다시 밖으로 뛰어나갔습니다. 그 바람에 모두 우우˙ 일어나서 밖으로 뛰어나갔습니다.

솜발˙ 같은 눈은 점점 퍼부어서 그새 오륙 치˙나 쌓이었습니다. 천지는 눈안개로 지척을 가릴 수 없다시피 되었습니다.

청방에서 나서면 바로 정거장 홈이외다. 눈 때문에 고요하던 넓으나 넓은 마당에는 어느새 사람들이 모여들어서 버글버글 저편에 있는 창고 앞으로 몰려갑니다. 그 앞은 바로 철길입니다. 그것을 본 나는 여러 사람과 같이 뛰어갔습니다. 창고 앞에 거의 다다르니 어느새 모자에 금줄 두른 역장이며 전철수˙며 종치수˙며 순사가 죽 모여 섰습디다. 그것을 볼 때 내 가슴은 무슨 불안이나 닥쳐오려는 때와 같이 두근두근하고 다리가 뻣뻣해지면서 걸음이 떠지었습니다˙. 그러면서도 돌아가기는 싫었습니다. 그래 천척˙ 절벽 끝에나 나서는 듯이 엉금엉금 나서는데 귓결에,

"쓰레기 노친!"

* **우우** 여럿이 한꺼번에 한곳으로 잇따라 몰려드는 모양.
* **솜발** 가늘고 길게 늘어난 솜의 결.
* **치** 길이의 단위. 한 치는 한 자의 10분의 1로, 약 3.03cm에 해당한다.
* **전철수** 전철기(철도에서 차량을 다른 선로로 옮길 수 있도록 선로가 갈리는 곳에 설치한 장치)를 조작하는 일에 종사하는 사람.
* **종차수** 정확한 뜻을 알 수 없음.
* **떠지다** 속도가 더디어지다.
* **천척** 매우 높은 높이.

하는 소리가 들리자 내 가슴은 쿵 하면서 두근두근하였습니다. 무엇에 쫓긴 듯도 하고 무서운 동굴에나 이른 듯도 하면서도 호기심이 바싹 났습니다. 그런데 이상한 것은 '쓰레기 노친' 할 때 봉준 어머니의 그림자가 눈앞에 언뜻하던* 것입니다.

나는 창고 앞 여러 사람들 틈에 끼어 섰습니다. 바로 1번선 선로였습니다. 거기에는 무참히 죽은 시체가 놓였습니다. 지금도 그때 광경이 눈앞에 선합니다. 머리로부터 어슷하게* 왼가슴까지 차바퀴에 치었습니다. 그전에는 차에 치이면 도끼나 작도*로 뭉턱 찍어논 듯이 된다는 말을 들었으나, 그때 그 시체는 그렇지 않았습니다. 절구통에 집어넣고 짓찧어 놓은 듯하였습니다. 머리는 부서져서 두부를 짓이긴 듯한 얼굴이 흩어진 데다가, 끊어진 가슴으로 콸콸 흐른 검붉은 피는 수북이 내려 쌓이는 눈을 물들이고 녹이었습니다. 그렇게 흐르는 피는 벌써 글어서* 들죽*처럼 되었습니다.

죽은 사람은 누구인가? 쌓이고 쌓인 원한을 가슴에 품고 한 알 두 알의 콩을 쓸어서 남은 삶을 이어가던 봉준 어머니였습니다. 찬 바람을 막노라고 허리에 두른 누더기와 찢기고 때오른* 의복에

• **언뜻하다** 생각이나 기억 따위가 문득 떠오르다.
• **어슷하다** 한쪽으로 조금 비뚤다.
• **작도** '작두'의 원말. 마소의 먹이를 써는 연장. 또는 생약을 자르는 기구.
• **글다** 걸다. 걸쭉하다.
• **들죽** 들깨와 쌀을 물에 불려 갈아서 쑨 죽.
• **때오르다** 때가 묻어 더러워지다.

는 붉은 피가 점점이 묻었는데, 사정없이 내리는 눈발은 그 위에 쌀쌀히 뿌리었습니다. 그리고 그가 생전에 한시도 놓지 않던 빗자루와 쓰레받기는 선로 저편에 뿌리어서 눈에 반이나 묻히고, 선로에 가로놓인 콩 자루는 찢기어서 누런 콩알이 미죽이* 흘렀습니다. 시체의 차디찬 손은 그 찢어진 자루의 한끝을 꼭 쥐었습니다. 그것을 볼 때, 그 자루 쥐인 손을 볼 때, '먹음이란 그렇게도 굳센 것인가' 하는 생각이 새삼스럽게 떠올랐습니다.

곁에 선 순사며 역장은 이마를 찡기고* 서서 무어라 중얼중얼합니다.

나는 모든 표적이 드러났건마는 그것이 믿어지지 않았습니다. 다시 말하면, 그것이 봉준 어머니인 것은 더 말할 게 없으나, 아까 금방 그 노파를 보고 이제 그런 일을 볼 때 어쩐지 그와 같이 믿어지지 않았습니다. 그러나 그것이 속일 수 없는 봉준 어머니라고 믿을 때, 내 손은 나도 모르게 내 가슴의 심장을 만지려고 하였습니다.

들으니 그는 기차에서 흐른 콩알이 선로에 있는 것을 보고 내려가서 쓸다가 이리카에(입환)* 하는 때에 치었다 합니다.

넓으나 넓은 세상에는 그를 위해서 그의 시체에 손대 주는 이가

• **미죽이** 비죽이. 물건의 일부가 슬쩍 나타나 있는 모양.
• **찡기다** 찡그리다.
• **입환** 차량의 선로를 바꾸는 일.

198

없었습니다. 모든 사람은 고요히 그것을 보면서 눈을 맞고 있었습니다. 순사와 역장들도 시체 치워낼 일꾼을 불러놓고 기다리고 있었습니다.

　모이어 섰던 우리 노동자들은 그의 끝을 보지 못하고,

　"어서 짐들 실어. 무얼 봐!"

하는 감독의 모진 소리에 다시 홈에 돌아와서 짐을 메기 시작하였습니다.

5

그 이튿날 들으니 봉준 어머니의 시체는 철도국에서 묻었습니다. 그러고는 별일이 없었습니다.

　"유족이 있으면 위자료 삼백 원은 줄 터이나, 없으니 그 대신 우리가 장래를 훌륭하게 지낸다."

하고 역장인지 조역*인지가 의기양양하게 말하더랍니다. 삼백 원! 사람의 목숨이란 참 싼 것입니다.

　그 뒤로부터 나는 이상스러운 병이 생기었습니다. 공연히 기차

• **조역** 철도청에서, 역장을 보좌하고 역장이 없을 때는 그 직무를 대행하는 직위. 또는 그 직위에 있는 사람.

가 무섭고 싫었습니다. 그놈이 푸푸 뚤뚤 굴러가고 오는 것을 보기만 하면 진저리가 납니다. 그 바퀴에 내 머리와 가슴이 버석버석˚ 짓이겨지는 듯한 동시에 봉준 어머니 같은 그림자가 알 수 없이 눈앞에 선히 떠오릅니다. 어떤 때는 그 그림자가 나 같기도 합니다. 그래 일하러 나간 때마다 기차를 보게 되는 것이 싫어서 그 담부터는 정거장 일을 버리고 이렇게 치도판˚으로 돌아다닙니다.

그러나 치도판에 와도 나의 맘은 조금도 편치 않습니다. 거기도 역시 기차와 같은 것이 있어서 못 견디겠어요. 그것은 길바닥을 다지는 루라˚인데, 그 커다란 바퀴가 굴러오는 것을 보면 역시 나의 뼈와 고기가 거기에 바짝바싹 갈리는 것 같습니다. 그뿐만 아니라 점점 다른 기계까지 미워지고 무서워서, 삽이나 곡괭이를 보아도 그놈이 모가지나 허리를 찍는 듯이 아심아심합니다˚. 심지어 면도칼까지도 쓰다가 서랍 속에 깊이깊이 감추어 두지 않으면, 반짝하는 빛이 이상하게도 눈앞에 떠올라서 잠을 못 잡니다.

이렇게 모든 것이 처음에는 무서워지더니 다음에는 미워지고, 미워지는 것이 심하여지더니 나중은 그만 부숴버리고 싶습니다. 그래서 지금은 루라나 기차는 더 말할 것 없고 조그마한 기계를

- **버석버석** 가랑잎이나 마른 나뭇가지 따위의 잘 마른 물건을 잇따라 밟는 소리. 또는 그렇게 밟는 모양.
- **치도판** 길닦이하는 공사장.
- **루라** 롤러(roller). 지면을 닦거나 콘크리트를 칠 때 흙, 모래, 자갈 등을 다지는 기계.
- **아심아심하다** 마음이 놓이지 않아 조마조마하다.

보아도 그만 부숴버리고 싶어서 이가 갈리고 주먹이 쥐어집니다.

그럴 때마다 내 눈앞에는 내 앞길이 보입니다. 노동자로서의 내 앞길이 활동사진*같이 살아 뜁니다.

오오. 붉은 나의 피여!

《동광》 1926년 12월호에 실린 작품을 바탕으로 함.

• **활동사진** '영화'의 옛 용어. 움직이는 사진이라는 뜻으로, 무성영화와 같은 초기 영화를 오늘날의 영화에 상대하여 이르는 말로도 쓰인다.

작품 이해하기

〈무서운 인상〉은 1926년 12월 《동광》을 통해 발표된 단편소설이다. 1인칭 관찰자 시점을 취하고 있으며 액자소설에 해당한다. 운임 노동자인 '나'의 시선을 통해 '봉준 어머니'의 인생 이야기를 들려주고 있는데, 서술자가 계속해서 존댓말을 쓰고 있다. 서술자가 존댓말을 쓰게 되면 독자들은 자신에게 말을 걸어오는 서술자의 존재를 항상 의식하게 되며, 서술자가 이야기하는 사건에 대해 일정한 거리감을 느끼게 된다. 이를 통해 독자들은 '봉준 어머니'의 비극적 죽음을 객관적으로 받아들이게 되고, 죽음의 의미를 한층 더 진지하게 성찰하게 된다.

이 소설은 작가의 체험에서 우러나왔듯이, 1920년대 당시의 하층 노동자의 삶을 생생하게 보여주고 있다. '콩쓸이'라든지 '목도꾼' 같은 다양한 노동의 형태가 존재했다는 것도 그 시대와 관련지어 이해할 만한 지점이다.

한편, 이 작품의 가장 결정적 부분은 봉준 어머니가 처참히 죽은 모습을 묘사하고 있는 장면이라고 할 수 있다. 죽어 있는 끔찍한 모습을 과감하게 묘사함과 동시에, 기차에 치어 죽는 순간까지 콩 쓸어 담은 자루를 손에 꼭 쥐고 있었다는 설정을 통해, '먹고사는 일'이 얼마나 사람을 비참하게 만드는지 강렬하게 보여주고 있다. 그리고 그 비참한 죽음은 일본어인 '이리카에' 소리와 함께 찾아왔다는 점에서, 다시 한번 식민지 조선인의 현실을 일깨워주고 있다. 또한 마지막 장면에서 '유족이 있으면 위자료 삼백 원은 줄 터이나, 없으니 그 대신 우리가 장례를 훌륭하게 지낸다.'라는 철도국 직원의 말에는, 죽음에 대한 어떠한 미안함과 애도의 뜻도 없이, 사람의 목숨을 값으로 매겨버리는 비인간적인 모습이 담겨 있다. 어차피 위자료를 받을 유족도 없다는 점에서는 독자들은 허탈함과 분노를 일으킬 수밖에 없게 된다.

작품 깊이읽기

액자소설

이 소설은 최서해가 간도에서 귀국하여 회령 지역에서 운임 노동자 생활을 하며 겪은 체험을 바탕으로 한 소설이다. 서술자는 '나'로 나타나 있으며, 1인칭 관찰자 시점을 취하여 자신이 보고 들은 '봉준 어머니'의 이야기를 주로 들려주고 있다. 구조적 측면에서는 액자식 구성이라고 할 수 있는데, 액자식 구성이란 하나의 이야기 속에 또 하나의 이야기가 들어 있는 것을 말한다. 액자에 걸린 그림과도 같은 형식으로, 액자가 하나의 바깥 이야기가 되고 그림이 안 이야기가 되는 방식이다. 바깥에 있는 이야기는 안 이야기보다 시간적으로 앞서며, 안 이야기가 소설 전체의 핵심에 해당한다는 특징이 있다. 이 작품에서는 ××역의 노동자로 일하는 '나'의 이야기가 바깥 이야기에 해당하며, 봉준 어머니의 인생 이야기가 안 이야기에 해당한다. '나'의 이야기는 봉준 어머니의 끔찍한 죽음을 목격한 후 기계에 대한 공포감이 생겼다는 것이며, 봉준 어머니의 이야기는 남편과 아들을 잃은 봉준 어머니가 ××역에서 일하다 죽음을 맞이한다는 내용이다.

액자식 구성은 바깥 이야기의 서술자가 자신이 직접 보고 들은 이야기를 전해준다는 점에서, 안 이야기가 실제인 것처럼 느껴지게 한다. 또한 안 이야기에 대한 서술자의 생각을 통해 안 이야기의 의미를 반성하고 성찰하게 한다는 효과를 얻을 수 있다. 이 작품에서는 '나'의 의식을 통해 먹고사는 일의 처절함과 근대 문명에 대한 공포심을 전달하고 있으며, 봉준 어머니의 일화를 통해 식민지하 최하층 노동자의 너무나도 비극적인 삶을 전달하고 있다.

돈 혐오와 기계 공포증

작품 속 '나'는 돈과 기계에 대해 일종의 혐오감을 가지고 있다. 돈은 밥을 얻을 수 있는 교환가치가 담긴 수단일 뿐이지만, '나'는 자본가들의 이기심 때문에 노동자들이 오히려 돈에 부림을 당하게 되었다며 돈에 대한 저주를 퍼붓는다. 하지만 '나'는 돈을 저주하면서도 목숨을 부지하기 위해 돈을 벌어야만 하는 자신의 처지를 비관하는데, 위태로운 노동의 현장을 벗어나고 싶어도 벗어날 수 없는 자신의 계층적 한계를 인식하며 노동의 현장에서 죽어갈 자신의 앞날에 공포심을 느끼고 있다. 현재로부터 멀리 떨어진 1920년대 노동자 '나'의 이야기가 최근 잇달아 일어나고 있는 택배 노동자들의 과로사, 하청업체 비정규직 근로자 '구의역 김군'의 사례 등과 겹쳐 보이는 것은 참으로 서글픈 일이 아닐 수 없다.

한편, '나'는 기계 문명에 대한 공포감도 표현하고 있다. 심리적 문제를 일으키는 여러 가지 공포증 중에 '기계 공포증'이란 것이 있는데, 기계나 기계

적인 것에 두려움을 느끼는 현상이다. 이때 '기계'는 권력이나 성취의 상징
이 되며, 성(性)적 무능자나 경제적 부적응자에게 나타난다고 한다. 이는 급
격한 산업화 시기인 19세기에 처음 등장했다. 소설 속 '나' 또한 식민지 근대
화의 물결 속에서 '기차'라는 신문물을 처음 접하게 되고, 그 기차에 깔린 봉
준 어머니의 끔찍한 모습을 보게 되면서 기계 공포증을 얻게 된 것이다. 사
람이 편하자고 발명한 기계 때문에 오히려 사람이 죽어 나가는 것을 보며 얻
은 정신적 충격으로 인해 발생한 공포증인 셈이다.

연민의 힘

최서해는 자신의 삶이 가난했기 때문에 자연스레 가난한 하층민들의 이야
기를 소설에 쓰게 되었다. 이를테면 가난이 소설의 재료였던 셈인데, 그 중
에서도 특히 '봉준 어머니'는 최서해에게 남다른 감정이 이입되어 있는 인
물이다.

의지할 곳이라곤 자신밖에 없던 어머니를 버려두고 소설을 쓰겠다며 상
경한 최서해는, 작가 노릇을 하며 뜨끈한 밥을 대할 때마다 두고 온 어머니
생각에 가슴이 아팠다. 이런 심경은 그의 자전적 소설 〈백금〉에 잘 나타난
다. 남편과 아들을 잃고 떠도는 노파의 모습은 〈백금〉, 〈해돋이〉, 〈무서운 인
상〉 등에 나타나는데, 이러한 노파를 바라보는 시선에는 늘 동정심과 연민
이 담겨 있다.

이렇듯 최서해는 작품 곳곳에 자신이 버리고 온 어머니와 같은 처지의 인

물들을 그려내며 연민의 정을 보여주고 있다. 그러한 모습이 최서해 소설의 핵심은 아닐지라도, '연민의 정'은 작품 곳곳에 녹아들어 그의 소설의 특질을 이루고 있다. 어쩌면 '연민'이란 태도는 최서해라는 인격의 중심축을 이루고 있는지도 모른다. 그렇기에 나라를 연민할 때는 독립운동에 뛰어들고, 어머니를 연민할 때는 작품을 통해서나마 미안한 마음을 전달하고 있었던 것은 아닐까?

생각해 볼 만한 질문

- '콩쏠이'와 같이 지금은 사라졌지만 일제강점기에는 존재했던 직업에는 무엇이 있을까?
- 콩쏠이 감독인 김 서방이 봉준 어머니를 괄시하지 못한 이유는 무엇이었나?
- 봉준 아버지가 ××역에 가야만 했던 이유는 무엇이었을까?
- 봉준 어머니는 남편과 아들이 죽은 불행의 원인을 어디에서 찾고 있나?
- '나'가 봉준 어머니에게 관심을 가지게 된 계기는 무엇이고, 봉준 어머니를 보며 느끼는 감정은 무엇이었나?
- 내가 만약 철도국 관계자라면 봉준 어머니의 죽음에 대해 어떤 조치를 취할 것인가?
- 노동 중에 발생하는 안전사고는 왜 발생하며, 누가 책임져야 할까? 예방을 위해서는 누가 가장 앞장서야 할까?

최서해를 읽다

1판 1쇄 발행일 2021년 6월 25일

지은이 전국국어교사모임

발행인 김학원
발행처 (주)휴머니스트출판그룹
출판등록 제313-2007-000007호(2007년 1월 5일)
주소 (03991) 서울시 마포구 동교로23길 76(연남동)
전화 02-335-4422 팩스 02-334-3427
저자·독자 서비스 humanist@humanistbooks.com
홈페이지 www.humanistbooks.com
유튜브 youtube.com/user/humanistma 포스트 post.naver.com/hmcv
페이스북 facebook.com/hmcv2001 인스타그램 @humanist_insta
편집책임 문성환 편집 김사라 디자인 이수빈
용지 화인페이퍼 인쇄 청아디앤피 제본 정민문화사

ⓒ 전국국어교사모임, 2021

ISBN 979-11-6080-215-3 43810